시간을 달리는 소녀

북스토리 재팬 클래식 플러스 006

시간을 달리는 소녀

츠츠이 야스타카

김영주 옮김

북스토리

차례

시간을 달리는 소녀

1

방과 후의 교정은 고요하다 못해 어딘지 모르게 썰렁한 기운마저 맴돈다. 가끔씩 어느 교실의 문이 열렸다 닫히는 소리가 아무도 없는 복도에 울려 퍼진다. 3학년인 요시야마 가즈코는 동급생인 후카마치 가즈오, 아사쿠라 고로와 함께 과학실 청소를 끝마쳤다.

"이제 다 됐다. 쓰레기는 내가 버리고 올 테니까 너희들은 손을 씻고 오도록 해."

"그럴래? 이거 미안한데."

가즈오와 고로는 나란히 화장실로 향했다. 두 사람의 뒷모습을 나란히 비교해본 가즈코는 웃음이 터져 나올 것 같았다. 이 둘의 조합은 정말 재미있다. 가즈오는 키가 크고 마른 편인데 고로는 땅딸막하다. 공부는 둘 다 잘하는데, 고로는 노력가에 생각하는 대로 거리낌 없이 말하고 행동하는 타입. 그와 반대로 가즈오는 몽상가이다. 멍하니 있을 때가 많아 무슨 생각을 하고 있는지 알 수가 없지만 그 모습은 왠지 우수에 차 보이면서 신비롭다는 느낌도 들었다.

화장실에서 손을 씻으면서 고로가 가즈오를 올려다보며 말했다.

"가즈코 말이야, 상냥하고 귀엽기는 한데 모성애가 좀 과다한 것 같지 않아?"

고로는 잘난 체하며 어려운 말을 쓰려는 버릇이 있다. 가즈오는 약간 무표정한 눈으로 자기보다 20센티미터는 작은 고로를 내려다보았다.

"흐음, 어째서?"

"아니 그럼, 너는 그렇게 생각하지 않는 거야?"

고로는 가슴을 젖히며 말했다. 새빨갛게 부풀은 얼굴 때문인지 노상 힘을 쓰고 있는 것처럼 보인다.

"가즈코는 우리들을 마치 어린애처럼 생각하는 것 같아. 흥! '손을 씻고 오도록 해'라니!"

"그런가……."

가즈오는 꿈이라도 꾸는 눈빛으로 그렇게 말하고는 계속 천천히 손을 씻었다.

화장실에서 나와서 고로는 가방을 가지러 교실로 갔고, 가즈오는 청소가 끝난 것을 보고하러 교무실로 향했다.

교정 뒤뜰에 쓰레기를 버리고 과학실로 돌아온 가즈코는 청소도구를 치우려고 옆 실험실의 문에 다가가 손을 뻗었다. 이 실험실이라는 곳은 과학 수업 교재를 두는 방으로, 문은 과학실을 향해 난 것과 복도로 통하는 것 두 개가 있다. 가즈코가 열려고 한 것은 과학실 쪽으로 난 문이었다.

"어?"

가즈코는 문의 손잡이를 쥔 채로 여는 것을 잠시 망설였다. 실험실 안에서 무슨 소리가 났기 때문이다.

실험실이라고는 해도 제대로 된 과학실험을 할 수 있는 공간은 거의 없다. 마치 창고처럼 여러 가지 물건이 뒤죽박죽 즐비해 있을 뿐이다. 게다가 그것이 생물 표본이나 골격 모형, 박제나 약품장 같은, 그다지 기분이 좋지 않은 것들뿐이다. 그런 것들이 가즈코에게는 아무렇지 않았지만 여학생 중에는 이 방에 들어오는 것을 싫어하는 아이도 있었다.

"이상하네, 아무도 없을 텐데……."

가즈코는 소리를 내어 그렇게 중얼거렸다.

"후쿠시마 선생님인가?"

아냐, 그럴 리가 없는데, 하고 가즈코는 생각했다.

후쿠시마 선생님이라면 아까 실험실에서 복도로 나와 문을 잠그고 돌아가시는 것을 분명히 봤으니까……. 도대체 누굴까? 가즈코는 어쩐지 조금 으스스했지만 과감히 문을 열었다.

쨍그랑! 유리 깨지는 소리가 들렸다.

"거기…… 누구 있어요?"

가즈코는 눈을 가늘게 뜨고 어슴푸레한 방 안을 빙 둘러보았다. 방 한가운데 있는 책상 위에 시험관이 줄지어 있고 그 중 한 개가 바닥에 떨어져 깨져 있었다. 그리고 바닥 위에는 깨진 시험관에서 흘러나온 듯한 액체에서 희미하게 하얀 연기 같은 것이 나고 있었다.

'누군가 무슨 실험을 하고 있었나 보네……. 그런데 누구지? 어디 있는 걸까……?'

가즈코는 시험관과 함께 놓여 있는 약병의 이름표를 확인하려고 책상에 가까이 다가갔다. 그 순간 검은 그림자가 약품장 뒤에서 휙 하고 나타나 복도로 나가는 문 바로 앞에 있는 칸막이 너머로 뛰어들었다.

"앗……!"

도둑인가? 심장이 두근거렸다. 가즈코는 몸이 딱딱하게 굳은 채 우두커니 서 있었다. 손발이 저려오는 것 같아 움직일 수가 없었다.

"누구?!"

가즈코는 무서움을 참을 수가 없어 소리쳤다.

"나 놀라지 않았어! 이리 나와봐."

복도를 향해 난 문이 덜커덩거리는 소리를 냈다.

"복도로 나가려고 하는 거라면, 안 될 거야!"

가즈코는 칸막이 너머를 향해 소리쳤다.

"그 문은 잠겨 있거든!"

무슨 소리든 계속해서 소리치지 않으면 너무 무서워서 정신을 잃을 것만 같았다. 그러자 문은 더 이상 덜컹거리는 소리를 내지 않았다. 칸막이 너머에서는 아무 소리도 들려오지 않았고 방 안은 쥐 죽은 듯이 고요해졌다.

"알겠다! 가즈오지? 아니면 고로? 나를 놀라게 하려고 장난치는 거지?"

가즈코는 발소리를 죽이고 칸막이 쪽으로 천천히 걸어가며 말했다. 하지만 칸막이 너머에서는 아무런 응답이 없다. 가즈코는 무서움을 꾹 참으며 조심조심 칸막이 너머를 들여다보았다. 그러고는 저도 모르게 그만 소리를 질렀다.

"꺄—악!"

그곳에는 아무도 없었던 것이다.

2

"아니, 어떻게 된 거지?"

가즈코는 여전히 심장이 두근거렸다. 조금 전에 보았던 사람의 그림자는 환영이 아니다. 일시적인 눈의 착각 같은 것도 아니다. 분명히 무언가가 이 칸막이 뒤로 숨는 것을 보았다.

가즈코는 시험 삼아 복도 쪽으로 난 문을 당겨보았다. 잠겨 있다. 그렇다면 이 문으로 도망을 간 것도 아니다. 도대체 어디로 가버렸단 거지?

사라졌나? 설마. 그런 말도 안 되는 일이 있을 리 없다. 하지만 사라졌다고 할 수밖에 없는, 불가사의한 일이다. 가즈코는 생각에 잠긴 채 다시 천천히 시험관이 놓인 책상 앞으로 돌아갔다.

어렴풋하게 달콤한 냄새가 실험실 안에 자욱하게 퍼져 있다는 것을 가즈코는 그제서야 알아챘다. 아무래도 깨진 시험관 안에 들어 있던 액체 냄새인 것 같았다.

"이게 무슨 냄새지?"

매우 향기로운 냄새였다. 가즈코는 왠지 그 냄새를 알고 있는 것 같은 생각이 들었다. '뭐였지? 내가 아는 냄새인 것 같은데. 달콤하고 왠지 그리운 향기……. 언젠가, 어디에선가, 나는 이 냄새를…….'

그녀는 책상 위에 뚜껑이 닫힌 채 놓여 있는 세 개의 약병 중 하나를 집어 들고 이름표를 살펴보려 했다. 그러나 읽을 수가 없었다.

이상하게도 그녀의 의식이 희미해진 것이다. 달콤한 냄새가 갑자기 가즈코의 후각을 강하게 덮쳐왔고 다리에 힘이 풀려 비틀거렸다. 의식은 점차 가물가물해지더니 가즈코는 천천히, 허물어지듯이 바닥에 쓰러지고 말았다.

그로부터 1, 2분쯤 지났을까? 가즈오와 고로는 집에 갈 채비를 끝마치고 과학실로 돌아왔다.

"이봐, 가즈코, 이제 집에 가자. 네 가방도 가져왔어!"

고로가 큰 소리로 덜렁덜렁거리며 문을 열고 들어왔다. 아무도 없는 과학실을 둘러보더니 뒤따라 들어온 가즈오를 돌아보며 얼굴을 찡그렸다.

"뭐야. 쓰레기 버리러 가서 아직 안 왔잖아. 분명히 또 누군가를 만나서 재잘대고 있겠지. 여자애들은 우물가에 모여서 하는 쑥덕공론을 좋아하니까!"

"아니, 그런 것 같지 않은데."

가즈오는 실험실 문을 가리키며 말했다.

"실험실에 있을 거야. 청소도구 치우고 있나 보네."

고로는 가즈오의 말에 대꾸하지 않고 자신의 책가방과 가즈코의 것을 양손에 들고 어슬렁어슬렁 실험실 안으로 들어갔다.

"역시……, 없잖아!"

고로는 자신이 이겼다는 듯이 큰 소리로 외쳤으나, 말이 끝나기가 무섭게 날카롭고 드높은 비명을 질렀다. 그것이 고로의 비명이라는 것을 눈치챈 가즈오도 허둥지둥 실험실로 뛰어들어 갔다.

실험실 바닥에 가즈코가 쓰러져 있고 그 옆에 고로가 꼼짝도 못 하고 서 있었다.

"어, 어떻게 된 일이지? 죽은 걸까?"

고로는 떨리는 목소리로 가즈오에게 말했다.

"바보 같은 소리 마, 그럴 리가 있겠어?"

가즈오는 가즈코에게 다가가 침착한 태도로 손목을 잡고 맥을 살펴본 뒤 그녀의 상체를 안아 올렸다.

"괜찮아. 자, 너는 다리를 들어줘."

"어, 어떻게 하려고?"

"당연한 거 아냐? 양호실로 데려가야지. 아무래도 빈혈인 것 같아."

가즈오와 고로는 축 늘어진 가즈코의 몸을 양쪽에서 들어 양호실로 들어갔다. 하지만 양호실에는 아무도 없었다. 두 사람은 가즈코를 침대에 눕혔다.

"나는 나가서 아무 선생님이나 좀 찾아올게."

가즈오가 고로에게 말했다.

"그러니까 너는 거기 창문을 열고, 가즈코의 이마에 차가운 물수건 좀 올려줘."

고로는 주뼛주뼛 아무 말 없이 고개를 끄덕였다. 가즈오가 나가자 고로는 창문을 열어둔 채 양호실에 있던 수건을 물에 적셔서 가즈코의 하얀 이마 위에 살며시 올렸다.

"피곤하기도 했겠지."

고로는 걱정스러운 목소리로 그렇게 중얼거렸다.

"그렇게 넓은 교실을 달랑 셋이서 청소를 하게 하다니, 말도 안 되지."

가즈오는 좀처럼 돌아오지 않았다. 고로는 몇 번씩이나 수건을 적셔서 가즈코의 이마에 올려주었다.

"빨리 정신 차려, 응? 가즈코."

고로는 걱정이 돼서 거의 울 지경이었다.

드디어 가즈오가 아직 교무실에 남아 있던 후쿠시마 선생님을 데리고 돌아왔다. 후쿠시마 선생님은 세 사람의 과학 선생님이다.

"음, 빈혈이네."

후쿠시마 선생님은 가즈코를 잠시 살펴보더니 말했다.

얼마 후 가즈코는 정신이 들었다.

"아아……. 저, 어떻게 된 거예요?"

"빈혈을 일으켜서 쓰러져 있었어. 실험실에……."

가즈오의 말에 가즈코는 조금 전 있었던 일을 떠올렸다. 기분이 좀 나아지고 안정이 된 후 가즈코는 수상한 사람의 모습에 대해 이야기했다.

"뭐어? 그런 일이 있었어?"

가즈코를 제외한 모두가 얼굴을 마주 보았다.

"그런데, 뭔가 좀 이상하다."

가즈오가 이상하다는 듯이 말을 꺼냈다.

"네가 쓰러져 있는 것을 발견했을 때, 책상 위에는 약병도 시험관도 없었거든. 그런 냄새도 안 났어."

"어머, 정말?"

가즈코는 깜짝 놀랐다.

"이상하네. 나는 분명히……."

그렇게 말하며 가즈코는 침대에서 몸을 일으켰다.

"그럼, 다시 한 번 가서 살펴봐야겠다. 같이 가줄래?"

그러자 후쿠시마 선생님이 놀라서 손을 올렸다.

"아니, 잠깐. 빈혈은 무엇보다 절대 안정을 취해야 돼. 좀 나아졌니?"

"네, 괜찮아요."

"그래? 좋아, 그렇다면 선생님과 함께 가보자."

후쿠시마 선생님도 일어섰다.

네 사람은 다시 실험실로 돌아갔다. 가즈오가 말한 대로, 책상 위에는 아무것도 없었고 바닥에 흐트러져 있던 시험관 파편도 깨끗하게 치워져 있었다.

"이상하네요……."

생각에 잠긴 가즈코에게 후쿠시마 선생님이 물었다.

"네가 맡았던 그 냄새라는 게, 어떤 냄새였니?"

"달콤한 냄새였어요. 뭐랄까……."

가즈코는 간신히 알아낸 듯 손뼉을 쳤다.

"맞아! 그건 라벤더 향기예요."

"라벤더?"

"네. 제가 초등학생이었을 때인가? 언젠가 엄마가 라벤더 향이 나는 향수를 뿌려준 적이 있어요. 맞아, 분명히 그것과 똑같은 냄새였어요!"

가즈코는 그렇게 말하고 다시 고개를 갸웃거렸다.

'그뿐만이 아니야……. 라벤더 냄새에는 그 밖에도 뭔가 더 추억이 있어……. 훨씬 소중한 추억이…….'

하지만 가즈코는 더 이상 생각해낼 수가 없었다.

3

실험실 사건이 있고 난 후 2, 3일 동안, 가즈코는 몸 상태가 이상함을 느꼈다. 그렇다고 특별히 어디가 나쁜 것도 아니고 속이 좋지 않은 것도 아니다. 단지 이상하게 몸이 붕 떠 있는 것 같은 느낌이 들고 스스로에게 자신이 없었다. 머지않아 뭔가 말도 안 되는 짓을 저지를 것 같았다.

그러니까 그것은 신체상태라기보다는 오히려 정신상태라고 하는 편이 좋을지도 모르겠다. 가즈코는 이렇게 된 원인이 실험실에서 맡았던 그 라벤더 향 때문이라고 생각했다. 거의 확신하고 있다고 해도 좋을 것이다.

이상한 일들은 3일 후 밤부터 시작되었다.

숙제를 끝마친 가즈코는 11시가 되어서야 잠자리에 들었다. 낮에 있었던 농구 시합 때문에 몸은 녹초가 되었는데도 좀처럼 잠이 오지 않았다. 오히려 머릿속은 점점 더 맑아지기만 했다. 가즈코는 천장을 계속 노려보면서 3일 전의 그 사건에 대해서 떠올리고 있었다.

바로 그때, 쿵쿵거리는 둔탁한 소리가 나더니 가즈코의 침대가 위아래로 진동하기 시작했다.

—지진이구나! 그렇게 생각한 순간, 이번에는 침대가 옆으로 흔들거렸다. 방에 있는 기둥에서 끼익끼익 하는 소리가 났다. 꽤 큰 지진이었다.

"꺄악!"

지진이라면 아주 끔찍했다. 가즈코는 벌떡 일어나서 잠옷 차림 그대로 방에서 뛰쳐나와 복도를 지나 현관 쪽으로 내달렸다. 복도의 유리창이 왠지 섬뜩하게 윙윙 하고 울려댔다.

진동은 가즈코가 현관문을 여는 순간 잠잠해져버렸다. 엄마와 여동생들도 새파랗게 질린 얼굴을 하고 일어나 있었다.

"여진이 있을 거야, 분명히" 하고 가즈코는 말했다.

"그때까지 마당에 나가 있을게. 난……."

가즈코는 마당으로 나갔다. 바람이 좀 차가워서 그녀는 살짝 몸을 떨었다. 바로 여진이 있었지만 큰 피해는 없었다. 그제서야 안심이 된 가즈코는 집 안으로 들어갔다. 그러고는 바로 침대로 파고들었지만 심장은 여전히 두근거렸다.

좀처럼 잠이 오지 않았다. 한참을 뒤척이다 막 잠이 들기 시작했을 무렵, 이번에는 집 앞에 있는 도로에서 비명과 울부짖는 소리가 들려왔다.

"불이다!"

"불이야! 불이야!"

어째서 이렇게 여러 가지 일이 한꺼번에 일어나는 거지? 가즈코는 거의 울 지경이 되어 다시 벌떡 일어났다.

창가로 다가가 레이스 커튼을 좌우로 열고 창문 밖을 내다보자 두 블록 정도 떨어진 지점에 있는 목욕탕 굴뚝이 연기에 휩싸여 있는 것이 보였다.

어머! 가즈코는 가슴이 철렁했다. 목욕탕 옆집은 가정용 잡화점을 하고 있는 고로네 집이다. 소방차 두 대가 사이렌을 울리며 요란하게 집 앞으로 지나갔다.

가보자! 가즈코는 잠옷 위에 코트를 걸치고 부랴부랴 방을 나섰다.

"어디 가니?"

가즈코가 내는 소리를 들은 엄마가 자신의 침실에서 문 너머로 물었다.

"고로네 집 쪽에 불이 났어요! 다녀올게요."

"안 돼! 위험해!"

하지만 엄마의 말을 못 들은 체하고 가즈코는 슬리퍼를 아무렇게나 걸쳐 신고 밖으로 뛰쳐나갔다. 화재가 난 곳 부근은 구경꾼들로 몹시 붐볐다. 화재는 목욕탕 뒷문 가까이에 있는 부엌에서 일어난 듯했다. 고로네 잡화점은 아직은 무사했다.

"물러나 주세요! 오면 안 됩니다! 불 끄는 데 방해가 됩니다!"

경찰이 목이 쉬도록 소리를 치며 잠옷 차림의 구경꾼들을 쫓아내고 있었다.

"좀 전에 있었던 지진으로 부엌에 있던 가스레인지가 뒤집어져 불이 붙었대."

가즈코의 옆에 서서 화재를 지켜보던 남자 둘이서 그런 이야기를 했다.

"가즈코, 너도 왔어?"

누군가가 가즈코의 이름을 부르길래 뒤를 돌아봤더니 잠옷 차림의 가즈오였다.

"아, 가즈오! 고로네 가게가 걱정돼서 보러 왔어."

"나도 그래. 그런데 괜찮은 것 같네. 작은 불이니까 금방 꺼질 거래."

가즈오는 다행이라는 듯이 그렇게 말했다.

화재는 곧 진압되었다. 가즈오와 가즈코는 잠옷 바람으로 밖에 나와 있던 고로를 만나 무사하다는 사실에 안심하고는 각자의 집으로 돌아갔다.

그날 밤, 가즈코가 잠이 든 것은 결국 새벽 3시가 넘어서였다. 그러다 보니 몸이 피곤한 상태였다.

겨우 잠이 든 가즈코는 이상한 꿈만 꾸었다.

검은 그림자가, 활활 타오르는 불길을 배경으로 하늘을 날고 있는 것이었다. 그런가 하면, 기묘하게 일그러지고 뒤틀린 그 실험실이 가즈코의 주위를 에워싸고 심하게 흔들렸다.

눈을 떴을 때, 가즈코는 식은땀에 흠뻑 젖어 있었다. 가위에 눌린 것 같았다.

주위를 둘러보니 벌써 아침이었다. 아침 햇살이 비쳐 레이스 커튼의 무늬가 방바닥에 그대로 그려졌다. 몇 시지, 하고 시계를 본 가즈코는 화들짝 놀라 일어났다. 지각이다!

아침 식사도 하는 둥 마는 둥 하고 가즈코는 집을 나섰다. 수면 부족으로 머리가 아프고 발걸음은 휘청거렸다.

큰길로 나오자 교차로 앞에서 고로의 모습을 발견했다.

"너도 지각이니?"

가즈코가 등 뒤에서 말을 걸자 고로가 뒤를 돌아보더니 지각생 동지가 생겨서 안심했다는 듯한 표정으로 대답했다.

"아, 어젯밤 그 화재 사건 후에 잠을 못 자서, 늦잠을 자버렸어."

그 순간 신호가 녹색으로 바뀌었다.

두 사람은 서둘러 횡단보도를 달리기 시작했다.

차도 중간 정도까지 왔을 때였다.

"위험해!"

별안간 들린 누군가의 외침 소리에 가즈코는 깜짝 놀랐다. 그 순간 바로 가까이에서 경적이 크게 울려 퍼졌다. 가즈코와 고로가 소리가 난 쪽을 보니 신호를 무시한 대형 트럭이 가즈코와 고로 쪽을 향해 교차로에서부터 돌진해오고 있었다.

깜짝 놀란 가즈코는 허둥지둥 돌아가려고 했다. 그러나 뒤를 돌아보는 순간, 그녀를 바로 뒤따라 뛰어오던 고로와 쾅 하고 부딪치고 말았다.

두 사람은 함께 차도에 넘어졌다. 가즈코는 아스팔트 위에 쓰러지는 순간, 눈앞까지 다가온 트럭의 거대한 타이어를 보았다. 그것은 가즈코의 몸에서 3미터도 채 떨어져 있지 않았다.

'치이겠다!'

순간, 가즈코는 눈을 꾹 감았다.

4

눈앞이 어질어질할 때까지 가즈코의 머릿속으로 여러 가지 것들이 우르르 지나쳐 갔다.

'죽는다. 차에 치여 죽을 거야!'

가즈코는 온몸이 덜덜 떨렸다. 심장은 마구 쿵쾅거렸다.

'이렇게 될 거라면 차라리 더 자는 게 좋았을걸. 잠을 못 자서 머리가 멍해 있었기 때문에 이렇게 된 거야!'

하지만 이미 늦었다. 가즈코는 침대 속의 기분 좋은 따스함을 기도하는 마음으로 생각하지 않을 수 없었다. 물론 그런 생각도 잠시, 드디어 가즈코에게 다가온 트럭의 대형 타이어가 아스팔트 도로에 섬뜩하리만치 무거운 진동을 일으키며 다가왔다. 가즈코는 더 세게 눈을 감았다.

'더 이상은 안 돼!'

그러나 2초가 지나고 3초가 지나고, 10초가 지나도 아무 일도 일어나지 않았다. 어떻게 된 거지? 가즈코는 눈을 감은 채 그대로 의식을 잃었다.

시간이 얼마나 흘렀을까…….

어느샌가 따뜻한 감촉이, 죽음 앞에서 그녀가 기도했던 침대 속의 부드럽고 평온한 감각이 자신의 주위에서 되살아나고 있는 것을 느꼈다.

가즈코는 깜짝 놀라 눈을 떴다. 눈부신 아침 햇살이 레이스 커튼 너머에서 방 안을 비추고 있었다. 그리고 가즈코는 아직 잠옷을 입은 채 침대 속에 있었다. 자신의 방이었다.

꿈이었던 것이다. 가즈코는 그렇게 생각했다.

그런데 정말 그랬던 것일까? 꿈치고는 기억이 너무도 생생했다. 자동차 경적 소리, 고로의 비명, 행인들의 외침, 그것들은 너무도 생생히 그녀의 귓가에 남아 있다. 아니야, 그게 꿈일 리가 없어. 가즈코는 세차게 고개를 저었다.

가즈코는 갑자기 머리가 지끈거리기 시작했다.

문득 시계를 보니 7시 반이었다. 천천히 아침 식사를 하고도 충분히 등교할 수 있는 시간이었다. 꿈속에서 눈을 떴을 때는 훨씬 늦은 시간이었기 때문에 서둘러 집을 뛰쳐나갔던 것이다. 그래서 트럭에 치일 뻔했던 것 아닌가!

역시 꿈이었던 걸까? 만약 그것이 꿈이 아니라면 시간을 거꾸로 거슬러 올라간 것이 된다……. 그런 어처구니없는 일이 있을 리 없다!

가즈코는 골똘히 생각하다가 침대에서 일어났다.

집 안의 모습은 평소와 다르지 않았다. 엄마도 여동생들도 여느 때와 똑같이 왁자지껄하게 아침 식사를 하고 있었다.

하룻밤 사이 많은 일을 겪은 탓일까, 식욕이 전혀 없었다. 가즈코는 곧바로 집을 나섰다.

'이걸로 두 번째네.'

그녀는 더 이상, 이상한 일이 일어나면 미쳐버릴지도 모르겠다는 생각이 들었다. 집을 나와 큰길로 와서 교차로에 다다랐다. 모든 게 두 번째다. 그러나 이번에는 고로와는 만나지 못했다. 그리고 신호를 무시한 폭주 트럭 같은 차도 없어서 가즈코는 무사히 학교 정문을 통과했다.

교실에 있는 친구들 사이에서 고로의 모습을 찾아내려고 주위를 두리번거렸지만 고로는 아직 등교하지 않은 것 같았다. 고로를 만나면 트럭에 치일 뻔했던 경험이 꿈인지 현실이었는지 확실해질 것이다.

"여어, 안녕!"

그런 가즈코의 등 뒤에서 활기차게 인사를 한 것은 가즈오였다.

"어머, 안녕!"

가즈코는 때마침 나타난 가즈오가 반갑게 느껴졌다. 가즈코는 그에게 밤 사이에 있었던 희한한 사건을 이야기하려고 했다. 가즈오는 머리도 좋고 생각이 깊으니까 뭔가 자신을 납득시켜줄 말을 해줄 거라고 생각했다. 하지만 고로가 와서 세 사람이 다 모였을 때 이야기하는 편이 더 좋을 거라고 생각을 고쳤다.

"무슨 일 있어? 안색이 좋지 않은데."

가즈오가 부드럽게 말했다. 그는 세세한 것에 신경을 잘 쓰는 성격이다.

"아니, 아무것도 아니야."

가즈코는 고개를 가볍게 저어 보였다.

"어젯밤에 지진이랑 화재 소동 때문에 잠을 잘 못 자서, 약간 수면 부족이야……."

가즈코가 그렇게 말하자 가즈오는 매우 놀란 표정으로 눈을 크게 뜨고, 그녀의 얼굴을 말똥말똥 쳐다보았다.

"어젯밤에 지진이랑 화재가 났었다고? 전혀 몰랐는데. 괜찮아? 다친 데는?"

"응, 괜찮긴 한데……. 뭐? 전혀 몰랐다고?"

가즈코가 놀라서 소리쳤다.

"큰 지진이 있었고, 그다음엔 고로네 집에 화재가 날 뻔했어! 우리 고로네 집 앞에서 만났잖아! 기억 안 나?"

"뭐, 뭐라고? 나랑 네가? 이상하네. 혹시 너, 꿈을 꾼 게 아니야?"

'꿈? 꿈이라고?'

가즈코는 말문이 막힌 채 가즈오의 반듯한 얼굴을 바라보았다.

5

그 지진도, 고로네 집 뒤에 있는 목욕탕의 화재도 전부 꿈이었다는 건가? 어둠 속에서 보았던 불길의 색도, 가즈오와 나눴던 대화 내용도 전부 또렷하게 기억해낼 수 있다. 그런데도 그게 꿈이었다고?

아아, 내 기억은 도대체 어떻게 된 거지?

가즈코는 모든 것이 혼란스럽기만 했다.

"그, 그래도 나, 분명히 어젯밤에 너를 만났어……."

그렇게 중얼거리는 소리가 너무도 작아서 가즈오는 잘 알아들을 수가 없었던 모양이다. 가즈오는 가즈코의 얼굴 앞에 자신의 귀를 가까이 댔다.

가즈코는 계속해서 중얼거렸다.

"너는…… 너는 잠옷을 입고 있었어……."

"역시 넌, 꿈을 꾼 거야."

가즈오는 싱긋 웃으며 조금 큰 소리로 분명하게 말했다.

"내가 기억 못 하는데, 네가 날 만났다고 해서 나는 내가 몽유병에라도 걸린 줄 알고 깜짝 놀랐어. 하지만 내가 잠옷을 입고 있었다고 말하는 걸 보니 네가 꿈을 꾼 거야. 일단 나는 잠옷 같은 건 갖고 있지도 않으니까."

"그래……."

가즈코는 힘없이 고개를 끄덕였다.

"그렇다면 역시 꿈이었구나……."

'아니야, 그것은 절대 꿈이 아니야!'

그러나 가즈코의 마음속 목소리는 한층 더 그렇게 외치고 있었다.

"여어, 안녕?"

드디어 고로도 등교했다. 가즈오는 곧바로 고로에게 다가가 물었다.

"아, 고로. 어젯밤 너희 집에 불이 날 뻔했다는 거, 진짜야?"

"뭐, 뭐라고?"

고로는 작은 키를 뒤로 젖히고 타고난 그 새빨간 얼굴로 가즈오를 올려다보았다.

"농담 같은 소리 하네. 누구야? 그런 이상한 말을 하고 다니는 놈이?"

가즈오는 당황하며 말했다.

"그럼, 역시 잘못 들은 거구나. 다행이다, 다행. 아니 누가 그렇게 들었다길래……."

가즈코는 자신을 감싸주는 가즈오가 고마웠다. 하지만 그녀의 불안과 혼란은 아직 가시지 않았다.

곧 1교시 수학 수업이 시작되었다. 뚱뚱한 고마츠 선생님이 칠판에 쓰기 시작한 방정식을 보고 가즈코는 어이가 없어 놀랐다. 그것은 어제 이미 풀었던 문제인 것이다. 게다가 그 문제는, 어제 이 시간에 고마츠 선생님이 칠판에 썼던, 이름이 불려 교단에 선 가즈코가 온갖 고생 끝에 간신히 풀었던 문제였다.

"어머, 어제 풀었던 문제잖아."

가즈코는 무심코 그렇게 중얼거렸다. 그러자 옆에 앉은 가미야 마리코가 놀라서 가즈코 쪽을 쳐다보았다.

"아니, 선생님이 낼 문제를 알고 있었어?"

"그게 아니라, 어제 수업에서 하지 않았어? 너 벌써 까먹은 거야?"

"그럴 리 없어. 어제는 이런 문제 안 풀었어. 처음 푸는 문제인데?"

"그럼, 노트를 보면 알겠네."

가즈코는 불길한 느낌이 들어 서둘러 노트를 펼쳤다. 어제

썼던 페이지에는 아무것도 적혀 있지 않았다. 원래 상태인 백지가 되어 있었다. 가즈코는 "앗!" 하고 비명을 지를 뻔했다. 이 페이지에 적었던 문제와 답안은 어디로 가버렸단 말인가! 텅 빈 노트처럼 색을 잃어버린 가즈코의 얼굴을 마리코가 걱정스러운 듯이 들여다보았다.

"자 그럼, 이 문제를 누가 한번 풀어볼까?"

문제를 다 적은 고마츠 선생님은 어제와 너무도 똑같은 말투로 교실을 둘러보았다. 가즈코는 옆에서 자신을 쳐다보는 마리코의 얼굴, 안경이 반짝거리는 고마츠 선생님의 얼굴, 칠판에 적힌 수학 문제가 눈앞에서 뱅글뱅글 돌기 시작하는 것을 느끼고 눈을 감았다.

'어제랑 똑같아, 모든 게……. 선생님은 내 이름을 부를 게 틀림없어. 어제랑 똑같이.'

"요시야마 가즈코, 앞으로 나와 풀어볼까?"

역시 고마츠 선생님은 가즈코를 지명했다.

"아, 네……."

가즈코는 눈을 뜨고 당황해서 일어났다. 교단에 서서 분필을 쥐고 어제 풀어봐서 이미 알고 있는 답을 칠판에 열심히 적었다.

'이게 꿈일지도 몰라. 지진이랑 화재가 있다거나 트럭에 치일 뻔했던 쪽이 실은 현실이고.'

그렇게 생각하니 마치 악몽 속에 있는 것 같았다.

"오호, 아주 술술 잘 풀었네."

조금 놀랐다는 듯이 눈을 깜빡이고 있는 고마츠 선생님에게 목례를 하고 가즈코는 자기 자리로 돌아왔다. 그러고 나서 조용히 마리코에게 속삭였다.

"저기, 마리코."

"응, 왜?"

"오늘 분명히 19일, 수요일이지?"

"음……."

마리코는 잠깐 생각하더니 고개를 저었다.

"아냐. 오늘은 분명히 18일, 화요일인걸."

6

그날, 가즈코는 수업에 집중할 수가 없었다. 당연히 어느 수업이든 한 번 배웠던 것들뿐이었지만…….

집에 돌아온 후에도 가즈코는 어젯밤부터 있었던 이상한 사건을 어떻게든 이해하려 애써보았지만 생각하면 할수록 이유를 알 수 없을 뿐이었다.

결국, 시간이 딱 하루만 되돌아간 것일까? 19일 아침이 갑자기 18일 아침으로 돌아가 버린 건가? 아냐, 아냐. 그런 것 같진 않다. 그도 그럴 것이 다른 사람들은 누구 하나 시간이 되돌아갔다는 것을 눈치채지 못했잖아. 가즈코는 머리를 감싸고 계속해서 생각했다. 그러면 오직 나만이, 시간이 딱 하루만 되돌아간 곳에 있다는 건가? 그래. 그렇다면 모든 것이 설명된다. 그런데 도대체 왜 그렇게 돼버린 거지?

거기까지 생각하자, 가즈코는 정신이 번쩍 들었다.

큰일 났다. 혹시 오늘이 어제라면, 다시 말해 오늘이 18일이라면 지진이 일어나는 것은 오늘 밤이 아닌가! 그리고 고로네 집에 화재가 날 뻔하는 것도……. 가즈코는 불안해서 더 이상 어찌할 바를 모를 지경이 되었다. 하다 만 숙제를 집어 던졌다. 그것조차 이미 한 번 했던 숙제다. 이제, 숙제 따위는 어떻게 돼도 상관없어, 가즈코는 그렇게 생각하고 집을 나왔다.

어디로 갈지 목적지도 없었다. 다만 이 일을 누군가에게 말하고 싶었던 것이다. 제일 먼저 고로를 만날까 하고 생각했다. 하지만 고로는 상대에게 맞서려는 기개만큼은 누구보다 강해서 든든해 보이지만, 실은 상당히 마음이 약하고 게다가 덜렁이라는 것을 가즈코는 알고 있다.

오히려 가즈오 쪽이 겉모습은 약해 보이지만 침착하고 머리도 좋다. 게다가 성격도 상냥해서 의지가 되었다. 가즈오는 아무리 이상한 이야기를 해도 다 들어줄 것만 같았다.

가즈코는 가즈오네 집 쪽을 향해 걷기 시작했다.

가즈오네 집은 세련된 서양식 이층집이다. 대문을 들어서면 오른쪽 정원에는 온실이 있고 늘 희귀한 꽃이 피어 있다. 가즈코는 문득 달콤한 냄새가 주변에 자욱이 퍼져 있다는 것을 느꼈다. 라벤더 향기다.

"아아, 여기도 라벤더가……."

가즈코는 그렇게 중얼거리고, 그 달콤한 향기를 가슴 가득 들이마셨다. 가즈오의 아버지가 온실에서 키우고 있는 것이다. 전에 이 집에 놀러왔을 때 가즈오의 아버지가 가즈코에게 온실 안을 보여준 적이 있었다.

라벤더는, 일 년 내내 녹색을 띠는, 키가 작은 꿀풀과 식물이다. 남유럽산인 라벤더 나무에는 향이 좋은 엷은 보랏빛 꽃이 피는데, 그 꽃이 향수의 원료가 된다고 가즈오의 아버지가 가르쳐주었다.

실험실에서 맡았던 그 냄새는 이것과 똑같은 냄새였다. 뭔가 추억이 있다고 그때 생각했던 것은 이 집에서의 일이었던 걸까……. 가즈코가 그런 일을 멍하니 떠올리면서 대문 앞에 우두커니 서 있는데, 가즈오의 방 창문이 열리고 가즈오와 고로의 얼굴이 나타났다.

"뭐야, 가즈코네."

고로도 놀러와 있었다.

"웬일이야? 거기 서 있지 말고 들어와. 지금 집에 아무도 없어."

가즈오의 말에 가즈코는 가볍게 고개를 끄덕이고, 두세 번 와본 적이 있는 가즈오의 공부방으로 들어갔다.

고로와 가즈오는 방에 들어온 가즈코의 예사롭지 않은 안색을 눈치채고, 걱정스러운 듯 물었다.

"무슨 일이야, 무슨 걱정이라도 있어?"

"걱정거리가 있으면 나도 들어줄게."

고로는 그렇게 말하고 남자답게 고개를 끄덕여 보였다.

"할 얘기가 있어……."

가즈코는 그렇게 말을 꺼내고 두 사람 앞에 정좌를 하고 앉았다. 가즈오와 고로도 황급히 똑바로 자세를 고쳐 앉았다.

"무슨 일인데? 그렇게 격식까지 차리고……."

말할까 말까, 하고 가즈코는 잠시 망설였다. '믿어줄까? 아마 안 믿어주겠지. 하지만 이야기하지 않으면 언제까지고 계속해서 나 혼자서 고민하게 돼. 그럼 견딜 수 없을 거야.'

가즈코는 눈 딱 감고 이야기를 시작했다.

"정말로, 진짜라고는 생각되지 않는 일이야. 어떻게 이야기해야 할지……. 그래도 웃지 말고 끝까지 들어주면 좋겠어."

가즈코는 먼저 어젯밤에 있었던 지진 이야기부터 꺼냈고, 오늘 수업 시간에 알게 된, 시간이 되돌아간 것에 대한 설명으로 이야기를 마쳤다.

가즈오도 고로도, 가즈코의 기묘한 이야기에 웃지도 않고 숨을 죽인 채 귀를 기울이고 있었다.

가즈코는 이야기를 끝낸 후 휴, 하고 한숨을 쉬며 말했다.

"믿든지 안 믿든지 난 괜찮아. 나 자신조차 믿을 수 없는 것들이니까. 하지만 나는 정말로 지금 이야기한 그대로의 일을 경험했어. 절대 꿈이 아니야. 그건 확실히 말할 수 있어."

"흐음……."

가즈오와 고로는 생각에 잠겼다. 가즈코가 엉터리로 지어서 말한다기에는 그녀의 얼굴이 너무도 진지했다.

"믿고 싶지만……."

고로가 생각에 잠긴 채 천천히 말했다.

"가즈코가 말한 거니까 믿고는 싶은데……. 하지만 역시 뭔가 잘못된 것 같아."

역시나 안 되는 건가, 하고 가즈코는 실망했다. 고로는 변명하듯이 말했다.

"하, 하지만 그렇잖아? 시간이 하루 전으로 되돌아간다는 게, 그런……."

"잠깐만, 고로."

가즈오가 얼굴이 새빨개져서 씩씩대는 고로를 진정시키며 가즈코에게 말했다.

"너는 혹시 초능력을 가지고 있는 것일지도 몰라."

"초능력?"

"나도 잘 모르지만 책에서 읽은 적이 있어. 세상에는 가끔씩 초능력이 있는 사람이 있어서 그 사람은 자신이 생각한 장소로 순간이동을 할 수 있대. 유체이동이라는 게 그거야. 너는 아마 트럭에 치일 뻔했을 때 너 자신도 몰랐던 초능력을 사용해 시간과 공간을 이동했던 게 아닐까?"

"마, 말도 안 돼! 그런 일이 어디 있어, 엉터리야!"

고로는 세차게 고개를 저었다.

"그런 말도 안 되는 일이 있을 리가 없잖아? 과학적이지 않아! 상식에 반한다고!"

"하지만 상식으로는 이해할 수 없는 일이, 세상에는 얼마든지 일어나고 있어."

가즈오의 말에 고로는 대드는 듯한 어조로 소리쳤다.

"증거가 아무것도 없잖아! 증명할 수 있어?"

"할 수 있어."

가즈코가 옆에서 끼어들었다.

"오늘 밤, 지진이 있을 거야. 그러고 나서 고로, 너희 집 옆에서 화재가 날 거야."

"재, 재수 없게!"

고로는 눈을 동그랗게 떴다. 그리고 옆으로 비어져 나온 몸을 부르르 하고 크게 떨었다.

7

"너, 무슨 말을 하는 거야!"

고로는 얼굴이 새빨개져 화를 냈다. 무리도 아니다. 누구라도 면전에서 오늘 밤에 너희 집 옆에서 화재가 날 거란 말을 듣는다면, 화를 내지 않을 리가 없으니까.

"하지만, 정말인걸."

가즈코는 고로에게 겁을 주게 되어 미안하다고는 생각했다. 하지만, 그렇게라도 말하지 않으면 자신이 한 말이 거짓말이 아니라는 것을 증명할 수가 없기 때문에 울먹이며 말했다.

"마, 말도…… 안……."

다혈질인 고로는 화가 나서 말이 잘 안 나오는 듯, 갑자기 벌떡 일어나더니 방을 나가버렸다.

"화났나 봐, 어떡해."

가즈코는 가즈오와 얼굴을 마주 보았다. 가즈오는 조금 난처한 듯 눈살을 찌푸렸다.

"저 녀석은 좋은 애긴 한데, 화를 잘 내서……. 하지만 오늘 밤이 되면 네가 말한 것이 맞는지 아닌지, 알게 되겠지."

고로가 좀처럼 돌아오지 않자 가즈오는 그를 찾으러 나왔다. 고로는 거실에 있는 전화기 앞에서 전화번호부를 넘기고 있었다.

"뭐하는 거야?"

가즈오가 묻자 고로가 전화번호부에서 얼굴도 들지 않은 채 대답했다.

"정신병원을 찾고 있어."

가즈오는 깜짝 놀라 당황하며 전화번호부를 낚아챘다.

"야, 그만둬. 가즈코가 불쌍하다. 너는 친구를 미친 사람들이 있는 병원에 가둘 작정이야?"

"그렇게 말하면……."

고로도 정색을 하고 다시 말했다.

"가즈코는 확실히 머리가 좀 이상해. 빨리 의사에게 가지 않으면 정말로 미쳐버리게 될 거라고!"

"기다려봐. 가즈코가 병이 있는지 없는지 확실한 증거라도 있어?"

"그런 이상한 말을 떠들어댄다는 건 제정신이라고는 생각할 수 없잖아!"

"하지만, 만약 오늘 밤에 정말로 지진이 나거나 화재가 일어나면 어떻게 할래?"

"그럴 리가 없어!"

"너는 그렇게 말하겠지만, 그래도 결국 오늘 밤이 되지 않으면 모르는 거잖아."

가즈오는 고로에게 가까이 다가가 작은 목소리로 말했다.

"그러니까. 아무튼 오늘 밤에 어떤 일이 일어날지 기다려보지 않을래? 만약 아무 일도 일어나지 않는다면 네 마음대로 어디라도 전화하면 되잖아. 정신병원에 전화를 하는 건 내일이라도 늦지 않겠지?"

"으음……."

고로는 마지못해 승낙했다.

그날, 가즈오의 집에서 돌아오긴 했지만 가즈코는 아무것도 손에 잡히지 않았고 저녁밥도 제대로 넘어가지 않았다. 반찬은 어젯밤에 이미 한 번 먹었던 것과 완전히 똑같았고, 식탁에서 나누는 엄마와 여동생들의 대화도 마치 복습이라도 하듯 똑같은 화제의 반복이었다.

'마치, 연극을 하고 있는 것 같아!'

가즈코는 그렇게 생각했다. 다만 엄마가 한 번, "가즈코, 너 안색이 안 좋구나. 무슨 일 있니?" 하고 걱정스러운 듯 묻는 것만이 전과 달랐다.

숙제도 할 기분이 안 들었다. 노트에서는 사라져버렸지만 이미 한 번 했던 숙제이다. 떠올리려고만 하면 언제라도 생각날 것 같은 마음에 다시 한 번 하는 것이 귀찮아질 뿐이었다.

아무것도 할 것이 없어서 잠이나 잘까 했으나, 곧 지진이 날 거라는 것을 알고 있으니 잘 수도 없었다. 가즈코는 어쩔 수 없이 침대 위에 엎드려 누워서 고등학교 입시 참고서를 보았다. 시험 공부에 한해서는 딱 하루 득을 보게 되는 셈이다.

공부를 하고 있는데 쿵쿵거림과 둔탁한 땅울림, 그리고 흔들림이 느껴졌다. 지진이다!

"올 게 왔다!"

가즈코는 벌떡 일어났다. 비명을 지르며 엄마와 여동생들도 각자의 방에서 뛰쳐나왔다.

"무서워하지 않아도 돼, 그렇게 큰 지진이 아니니까."

가즈코는 그렇게 말하며 동생들을 안심시키고, 자신은 고로의 집 쪽으로 달려갔다. 이제 곧 목욕탕 부엌에서 불이 붙을 것이다. 작은 화재이긴 해도 가능한 한 빨리 모두에게 알리는 편이 좋겠다고 생각했다.

화재가 될 거라는 것을 확실히 알고 있기에, "불이야! 불이야!" 하고 달려도 되겠지만, 만약 아직 화재라고 할 만큼 커진 게 아니라면 소란을 피우는 아이라고 어른들에게 야단을 맞게 될 것이다.

목욕탕 앞까지 오자 어젯밤과 달리 사람은 없었다. 하지만 곧 뒷마당 쪽에서 하얀 연기에 섞인 빨간 불꽃이 일어나는 것이 보였다. 가즈코는 큰 소리로 "불이에요!" 하고 외칠까 하다가 퍼뜩 입을 다물었다. 혹시라도 자신이 화재 발견자가 되면 고로가 어떻게 생각할지 걱정이 되었던 것이다.

자기가 말한 것을 전혀 믿어주지 않는 고로다. 예언을 적중시키기 위해 가즈코가 스스로 불을 붙였다고 할지도 모르는 일이다. 그렇게 되면 난처해진다. 자신은 방화범이 되고 경찰에 잡혀가고 말 것이다!

그렇게 생각하자 몸이 부르르 떨렸다.

그럼, 어떻게 하면 좋을까? 여기에 서서 불씨가 주변으로 퍼져나가는 것을 그저 멍하니 바라보고만 있어야 하는 걸까?

8

바로 그때, 마침 다행히도 목욕탕에서 목욕을 마친 듯 보이는 한 청년이 세면도구를 들고 나왔다. 그는 뒷문에서 피어오르는 불꽃을 알아챈 순간 꼼짝 못하고 서서 큰 목소리로, 그것도 목이 찢어질 정도로 외쳤다.

"부, 불이야! 불이야!"

순식간에, 여기저기 있는 가게의 뒷문과 입구에 있는 덧문을 열고 근처 사람들이 몰려들었다.

"누구든지 빨리! 소방서에 전화해!"

"지금 하러 간 것 같아요."

"화재가 난 곳이 어디야!"

"목욕탕집 부엌!"

금세 소방차가 달려왔다. 경찰이 구경꾼들을 정리하기 시작했다. 가즈코는 구경하기 좋아하는 사람들이 많다는 것, 그리고 그 구경꾼들이 빨리도 찾아왔다는 사실에 어이가 없어 놀랐다.

"가즈코, 네 예언이 적중했어!"

집에서 나온 고로가 재빨리 가즈코를 발견하고 다가와서 창백한 얼굴을 하고 소리쳤다.

"역시 가즈코가 말한 게 사실이었어."

어느새 찾아왔는지 가즈코의 뒤에서 가즈오도 조용히 그렇게 말했다. 그의 얼굴도 굳어 있었다.

"어머, 가즈오!"

가즈코는 가즈오가 입고 있는 잠옷을 보고는 오늘 아침에 했던 대화를 떠올리며 조금 큰 소리로 말했다.

"너, 잠옷 없다고 하지 않았어?"

가즈오는 조금 머뭇머뭇했다. 그러더니 작은 목소리로 말했다.

"응, 그게 말이지, 나는 어젯밤까지 운동복 바지를 입고 잤었어. 그런데 오늘 자기 전에 엄마가 이 잠옷을 꺼내 와서 오늘 밤부터 이걸 입고 자라고 하시는 거야. 오늘 낮에 사오신 것 같아."

가즈오와 고로는 물끄러미 가즈코를 바라보았다.

"역시, 가즈코에게는 예언하는 능력이 있었구나."

고로가 감탄하듯이 말했다. 가즈코는 고개를 좌우로 절레 절레 흔들었다.

"예언 같은 게 아니야. 훨씬 더 불가사의한 거지. 나 스스로도 놀라고 있는걸. 하지만 곤란해져 버렸어……."

"뭐가?"

"이렇게 이상한 능력을 가지고 있다는 게 곤란하지. 이대로라면 언젠가 또 시간을 뛰어넘어 거꾸로 되돌아가게 될지도 모르잖아? 게다가 또 어렵게 오늘처럼 너희들에게 설명을 하지 않으면 안 되는걸."

"아니, 이제 그런 걱정은 안 해도 돼."

고로는 눈을 크게 뜨고 고개를 세차게 저었다.

"나는 이제 가즈코의 능력을 믿으니까."

갑자기 가즈오가 웃기 시작했다.

"하지만, 어제랑 오늘 오후대로라면 아무리 설명해도 너는 믿지 않을걸."

고로는 떨떠름한 얼굴을 했다.

"아, 그런가……. 그건 그렇지만……."

가즈코는 고로의 혼란스러움을 비웃을 마음은 없었다.

"싫다, 이런 이상한 일이 생기다니……. 어떻게든, 원래대로 돌아갈 수 없을까?"

고로가 다시 고개를 들었다.

"그런데 너의 그 능력은…… 음, 뭐라고 하더라?"

고로는 가즈오를 보았다. 가즈오가 말했다.

"텔레포테이션."

고로는 고개를 끄덕였다.

"맞아. 그 텔레포테이션이란 귀중한 능력이야."

"그럴지도 모르지만, 하지만 나한테만 그런 능력이 있다는 건 싫어. 왜냐하면, 봐. 너희들이 지금 나를 보는 눈빛도 이전과는 달라. 마치 내가 이상한 사람이라도 되는 것처럼……."

"예민하게 받아들이지 마."

가즈오가 다독이듯이 말했다.

"하지만, 그렇게 되는걸!"

가즈코는 조금 히스테릭하게 소리쳤다.

"모두가 나의 이 능력을 안다면, 분명 나를 별난 사람처럼 생각하게 될 게 틀림없잖아!"

"진정해."

가즈오는 점점 흥분해가는 가즈코를 달랬다.

"아직 너한테 그런 능력이 있다고 결정된 게 아니야. 네 이야기대로라면 시간을 거꾸로 되돌아간 것은 아직 한 번밖에 일어나지 않았지? 그렇다면 그건 우연히 일어났던 것일지도 모르고, 또 너한테 그런 능력이 있다고 해도 딱 한 번뿐인 능력일지도 모르잖아?"

"그래. 하지만 혹시 언제 또 내가 시간을 거꾸로 되돌아갈지 모르니까, 너무 싫어."

가즈코는 그렇게 말하고 입술을 깨물었다.

그러는 동안 화재도 진압되고 구경꾼들도 돌아가기 시작했기 때문에 세 사람은 내일 더 이야기하기로 하고 일단 각자의 집으로 돌아갔다.

'누군가에게 상담을 해야겠어. 선생님한테 상담할까? 어느 선생님이 좋을까? 내 이야기를 진지하게 들어줄 선생님이 있을까? 믿어줄까?'

어느샌가 잠이 들어버린 것 같다. 눈을 떴을 때, 여느 때와 마찬가지로 레이스의 그림자를 바닥에 떨어뜨린 아침 햇살이 방 안에 들어오고 있었다. 그래! 가즈코는 황급히 침대에서 벌떡 일어났다.

오늘은 19일 수요일. 지각할 것 같아 급하게 서둘렀던 가즈코와 고로가 횡단보도에서 신호를 무시한 그 대형트럭에 참사를 당하는 날이 아닌가!

'아차, 실수했다. 어째서 어젯밤에 고로에게 한마디도 주의시켜두지 않았을까. 오늘 아침이 될 때까지 몰랐다니…….'

시계를 보니 아직 늦지 않은 것 같다. 가즈코는 서둘러서 학교 갈 준비를 하고 아침 식사도 하는 둥 마는 둥 집을 나섰다.

9

교차로. 아직 고로는 오지 않았다. 가즈코는 안심하고 횡단 보도 바로 앞에 잠시 멈춰 서 있었다.

'그래. 고로는 지각하게 될까봐 급하게 서둘러서 오겠지.'

다만, 가즈코가 난처했던 것은 그렇게 멍하니 서 있는 그녀의 앞을 동급생들이나 얼굴을 아는 친구들이 연달아서 수상한 눈빛을 던지며 지나쳐가는 것이었다.

'뭐하는 거냐고 물어온다면, 어떻게 대답해야 좋을까? 설마, 이제 곧 아사쿠라 고로가 대형 트럭에 치이게 될 거라서 그걸 도우려고 한다고 말할 수는 없잖아? 그렇게 말했다간 시험 공부 때문에 머리가 이상해졌다고 생각하겠지!'

가즈코는 우두커니 서서 이런저런 생각을 하고 있는데, 교실에서 그녀의 옆자리에 앉는 마리코가 다가왔다.

"어머, 가즈코! 왜 그런 곳에 서 있어?"

'드디어, 올 게 왔다!'

가즈코는 조금 머뭇머뭇거리다가 어쩔 수 없이 대답했다.

"아, 아사쿠라 고로를 기다리고 있어."

사실이었다. 하지만 마리코는 아무래도 이상한 쪽으로 해석한 것 같다.

"어머나, 그럼 너, 고로를……."

마리코의 얼굴에 장난기 가득한 미소가 떠올랐다. 가즈오랑 고로와 친하게 지내는 가즈코를 마리코는 살짝 질투하고 있는 것 같았다.

이어서 마리코가 말했다.

"어머나, 나는 가즈코가 후카마치 가즈오 쪽을 좋아한다고 생각했는데."

"말도 안 돼!"

가즈코는 얼굴이 새빨개지며 당황해서 손을 저었다.

"그, 그런 게 아니야."

"됐어, 괜찮아."

마리코는 소리 높여 웃더니, 가즈코의 어깨를 툭툭 치고는 횡단보도 쪽으로 걸어가며 말했다.

"변명하지 않아도 돼. 하지만 아사쿠라 고로는 자주 지각을 하니까, 너까지 지각하지 않도록 조심해!"

마리코의 모습이 보이지 않게 되자 가즈코는 작게나마 발을 동동 구르며 분해했다.

'쳇! 얄미운 마리코!'

곧이어 고로가 숨을 헐떡거리며 뛰어왔다. 마침 신호는 빨간색이었다. 그는 가즈코 앞에 서서 코로 숨을 세게 내쉬며 말했다.

"안녕! 지각할지도 모르겠다!"

'내가 지각하게 될 뻔한 건, 너 때문이라고!'

가즈코는 아예 그렇게 말해버릴까 하고 생각했다. 그러나 지금은 그럴 때가 아니었다. 신호가 녹색으로 바뀌었을 때, 고로를 어떻게 붙들어둘지를 생각하지 않으면 안 된다. 지각할지도 모르기 때문에 고로는 신호가 바뀌자마자 달려나갈 게 틀림없다.

"지각할 것 같을 때, 자주 차에 치이게 된대."

가즈코가 그렇게 말하자 고로는 얼굴을 찡그렸다.

"너는, 재수 없는 말만 하는구나!"

"왜냐하면, 사실이 그러니까 그렇지."

"가즈코는 모성애 과다야. 알겠어. 조심하면 되지?"

"그래. 신호가 바뀌어도 급하게 뛰어 나가지 말고."

"알았어, 알았다고!"

그때, 신호가 녹색으로 바뀌었다.

고로는 일부러 좌우를 천천히 살피고는 횡단보도를 향해 한 발 내밀었다.

“기다려!”

가즈코가 그의 등에 대고 소리쳤다.

그러자 교차로 쪽에서 대형트럭이 폭주해왔다. 고로는 깜짝 놀라 허둥지둥 보도 쪽으로 잽싸게 비켜섰다.

“헉! 뭐야, 저 차는!”

트럭은 고로의 눈앞을 지나쳐, 볼품없는 차체를 흔들며 거침없는 기세로 보도로 뛰어올랐다. 순식간에 지나가는 사람들의 비명 소리가 주변에 울려 퍼졌다.

“졸음운전이다!”

고로와 가즈코는 놀란 나머지 한순간 숨을 죽였다.

트럭은 쓰레기통으로 쓰이는 드럼통을 들이받아 날려 보냈다. 그것은 지나가던 샐러리맨의 가슴팍에 부딪쳤고 그는 쿵하고 바닥에 쓰러졌다.

트럭은 거기서 멈추지 않고, 젊은 주부를 치고 마지막으로 잡화점 앞으로 뛰어들었다. 쇼윈도의 유리창이 날카로운 소리를 내며 부서져 주변으로 흩어졌다.

차의 앞 유리는 깨지고 차체의 앞부분이 기묘한 형태로 찌그러지고 비틀어졌다. 엔진에서 연기가 피어올랐다.

“살려주세요!”

잡화점 안에서 다리를 다친 듯한 한 중년 남자가 소리치며 기어나왔다. 전신이 피투성이인 데다가 살아 있는 사람이라고는 생각할 수 없을 정도로 끔찍한 모습이었다. 가게 안에서는 도움을 요청하는 여자의 비명 소리가 띄엄띄엄 들려왔다.

가즈코와 고로는 믿을 수 없을 만큼 가까이에서 일어난 이 대참사에 눈을 휘둥그렇게 뜬 채 그저 우두커니 서 있을 뿐이었다.

10

삽시간에 교차로엔 큰 소동이 벌어졌다. 근처에 있던 사람들이 사고현장으로 달려왔고, 경찰차와 구급차가 사이렌을 울리며 도착했다. 두 사람은 한동안 멍해 있었다.

고로는 질렸다는 얼굴로 가즈코를 보며 말했다.

"너랑 같이 있으면 이상한 사건만 일어나."

"그게 무슨 말이니!"

가즈코는 살짝 큰 소리를 내며 고로의 얼굴을 노려보았다. 시퍼런 그녀의 서슬에 고로는 당황한 나머지 이상한 얼굴을 했다.

"왜, 왜 그래? 뭘 화를 내고 그러냐? 지금 일어난 사건을 보고 히스테리를 일으키는 거야?"

"그런 거 아니야!"

가즈코와 고로는 퍼뜩 자신들이 이미 지각이라는 것을 알아채고 뛰기 시작했다. 학교로 가는 지름길을 걸어가면서 가즈코는 고로에게 이유를 이야기했다. 그리고 끝으로 이렇게 말했다.

"그러니까 내가 거기서 너를 붙잡지 않았으면, 너도 나도……."

고로는 깜짝 놀라 몸을 떨었다.

"그 폭주 트럭에 치였을 거라는 거야?"

"그래."

두 사람이 교실로 들어가자 수업은 벌써 시작되고 있었다.

교단 위의 후쿠시마 선생님은 두 사람을 보더니 살짝 장난기 섞인 얼굴을 하고 히죽 웃었다.

"오호, 둘이 같이 지각인가?"

모두가 와— 하고 웃었다.

하지만 후쿠시마 선생님은 예사롭지 않은 두 사람의 새파랗게 질린 얼굴을 눈치챘는지, 그 이상은 놀리지 않고 수업을 계속했다.

자리에 앉았지만 고로도 가즈코도 아직 심장이 두근두근거려서 수업도 건성으로 들렸다.

'그래. 후쿠시마 선생님한테 의논해봐야겠다.'

칠판에 있는 글자들을 머릿속에 넣으려고 주시하면서 가즈코는 그렇게 생각했다.

'후쿠시마 선생님이라면 친절하시고, 게다가 무엇보다도 과학 선생님이니까 나의 이런 기묘한 능력을 과학적으로 생각해주시겠지. 그래, 고로와 가즈오에게도 함께 가서 의논하자고 해야지.'

그날 수업이 전부 끝날 때까지 가즈코, 가즈오, 고로, 이 세 사람 사이에서는 후쿠시마 선생님에게 어떤 식으로 이야기를 꺼낼지가 대부분 정해졌다. 쉬는 시간에 틈틈이 서로 이야기를 나눈 것이다.

한 수업이 끝날 때마다 복도에 모여서 비밀스럽게 이야기를 나누는 세 사람을 마리코나 다른 아이들은 수상쩍다는 듯이 유심히 쳐다보았다. 그러나 세 사람 모두 그런 것에는 신경 쓰지 않았다.

방과 후, 세 사람은 조심조심 교무실 문을 열었다.

다른 선생님이 옆에서 이야기를 듣고 재미있어한다거나 농담을 하고 훼방을 놓거나 하면 차분하게 상담을 할 수가 없다. 그러나 후쿠시마 선생님의 자리는 다행히도 교무실 제일 안쪽 구석진 자리라 상담하기가 쉬웠다.

후쿠시마 선생님을 에워싸듯이 선 세 사람 중 가즈오가 입을 열었다.

"후쿠시마 선생님."

과학 잡지를 열중하여 읽고 있던 선생님은 깜짝 놀란 듯이 고개를 들었다.

"아, 너희들이니?"

선생님은 가즈코와 고로의 얼굴을 보고 아까처럼 히죽 웃어보였다.

"오늘 아침에 지각한 것 때문에 일부러 사과하러 왔구나?"

"지각한 것과도 관계는 있는 일인데요……" 하고 가즈코가 말했다.

"그것보다도, 좀 중요하게 말씀드릴 것이 있어서요……."

"그래? 그럼, 일단 앉도록 하려무나."

후쿠시마 선생님은 허물없는 모습으로 주위에 있는 의자를 자신의 가까이에 모아놓고 세 사람에게 권했다.

"뭘까? 중요한 상담이라는 게……."

미리 회의하고 온 대로, 똑똑하고 가장 말솜씨가 좋은 가즈오가 몸을 살짝 앞으로 내밀고는 천천히 이야기를 시작했다.

*

"선생님, 이제부터 드릴 말씀을 끝까지 들어주셨으면 좋겠습니다. 왜냐하면 보통 사람이라면 이 이야기를 듣고 바보같이 말도 안 되는 꿈이나 공상 이야기라고 생각하고 웃어넘길 것 같기 때문이에요. 저희들은 이 이야기를 어떤 선생님한테 해야 좋을지 굉장히 망설였습니다. 그러고는 역시 후쿠시마 선생님께 말씀드리는 게 좋겠다고 결정한 것입니다."

"흐음."

후쿠시마 선생님의 얼굴에서 웃음이 사라졌다.

"꽤나 복잡한 이야기인가 보구나."

"그렇습니다."

"나를 믿어준다는 거니, 좋아. 어떤 이야기라도 웃지 않고 끝까지 듣도록 하지."

"고맙습니다, 선생님."

가즈오는 조금 안심한 것 같았다. 하지만, 하고 가즈코는 생각했다. '지금부터 이야기하는 게 어렵겠지. 아무리 그래도 후쿠시마 선생님이 믿어주지 않으면…….'

"실은, 이 요시야마 가즈코에 관한 것인데요……."

가즈오는 침착하고 다부진 목소리로 이야기를 시작했다.

11

"흐음, 과연 그렇구나……."

가즈오가 장시간에 걸쳐 지금까지 가즈코의 신변에 일어난 일을 전부 다 이야기하자 후쿠시마 선생님은 큰 한숨을 내쉬고 생각에 잠겼다.

가즈코는 후쿠시마 선생님의 모습을 꼼짝 않고 바라보며 안절부절못했다.

'믿어주세요, 선생님! 선생님께서 믿어주시지 않으면 더 이상 다른 사람에게 말해도 아무 소용이 없어요!'

가즈코는 그렇게 소리칠까도 했으나 그 목소리는 분명 비명으로밖에 들리지 않을 것이다.

"선생님! 믿어주실 수 있으세요?"

참을 수 없다는 듯이 고로가 후쿠시마 선생님에게 물었다.

고로의 그 절박한 듯한 말은 가즈코의 현재 기분을 대변해주고 있었다.

후쿠시마 선생님은 천천히 세 사람의 얼굴을 바라보더니 작게 고개를 끄덕였다.

"물론 믿을게. 너희들이 그런 정교한 농담으로 나를 놀린다고는 생각되지 않아. 가즈코의 신변에 일어난 일이 사실이라는 것은 지금 너희들의 안색을 보면 알 수 있지."

긴장하고 있던 세 사람의 마음이 사르르 풀리고, 가즈코도 고로도 가즈오도 가벼운 안도의 한숨을 쉬었다.

'다행이다! 역시 후쿠시마 선생님한테 상담하길 잘했다!'

가즈코는 너무도 안심이 된 나머지 자기도 모르게 눈물이 날 것 같았다.

"그런데, 가즈코."

후쿠시마 선생님은 뭔가를 계속해서 생각하는 듯, 눈앞에 있는 허공을 멍하니 바라보며 가즈코에게 물었다.

"너한테 그런 일이 일어나게 된 뒤로, 아니 그 전부터라도 괜찮으니까, 몸 상태는 어떠니?"

"음. 그게, 지금까지와는 다른 이상한 기분이에요. 뭔가 붕 떠 있는 듯한, 상당히 불안정한, 뭐라고 잘 이야기할 순 없지만……."

"응, 좋아. 그래서, 그런 기분은 언제부터 시작됐니?"

"그건, 토요일 방과 후에 실험실에서 그 약 냄새를 맡았을 때부터인 것 같아요."

후쿠시마 선생님은 책상을 탁 쳤다.

"아, 그날이라면 나도 기억해. 분명히 너는 뭔가 수상한 사람의 그림자를 봤다고 했었지."

"네."

"잠깐만. 그러면, 4일 전인가……."

후쿠시마 선생님은 노트에 날짜를 적고, 또다시 잠깐 동안 생각에 잠겼다.

"저기, 선생님……. 이런 불가사의한 일이 가끔씩 일어나기도 하나요?"

고로가 머뭇머뭇거리며 물었다.

"저는 아직, 이 사건이 제 눈앞에서 일어나고 있지만, 믿을 수가 없습니다. 이런 일은 종종 일어나는 일인가요?"

후쿠시마 선생님은 천천히 고개를 끄덕였다.

"무리도 아니지. 누구라도 그럴 거야. 보통 사람이 이런 희한한…… 다시 말해, 자신들이 알고 있는 과학으로는 이해할 수 없는 사건이 일어나면 당황해서 잘 확인하려고도 하지 않고 잊어버리려는 경향이 있지. 본능적으로 이런 현상을 싫어하는 거야. 고로 군도 그런 게 아닐까?"

고로는 그런 말을 듣자 어찌할 바를 몰라 애매하게 고개를 끄덕였다.

"어, 어, 그건, 저……."

"그런데 말이야. 과학이라는 것은 불확실한 것을 확실한 것으로 하는, 그 과정의 학문이야. 따라서 과학이 발전하기 위해서는 그 전 단계로서, 언제나 불확실하고 불가사의한 현상이 없으면 안 되지."

후쿠시마 선생님은 눈을 빛내며 열심히 설명하기 시작했다. 가즈코는 이런 후쿠시마 선생님의 모습을 보는 것이 처음이었다. 가즈오도 고로도, 그런 선생님의 모습에 빨려 들어가 마른 침을 삼키며 듣고 있었다.

"그러니까, 이런 사건이 좀 더 일어나도 좋을 텐데. 사실, 세계의 이곳저곳에서 이것과 비슷한 불가사의한 현상이 많이 일어나고 있어. 이러한 희한한 현상을 모아서 연구하는 사람이, 예를 들면 '프랭크 에드워즈'라는 사람이 있지. 그러나 이 사람은 연구가일 뿐이지 과학자가 아니라서 단지 일어났던 일을 있는 그대로 기록하고 있는 것에 지나지 않지만."

그러자 가즈오가 물었다.

"그럼 선생님이라면, 가즈코의 경우와 같은 희한한 사건을 어떻게 설명하실 수 있으세요?"

"텔레포테이션과 타임리프, 즉 신체이동과 시간도약이지."

"타임리프?"

"응, 가즈코처럼 확실한 현상은 아니지만, 그것과 비슷한 사건은 여기저기서 일어나고 있단다."

후쿠시마 선생님은 이야기를 계속 이었다.

"예를 들면 1880년 9월 23일, 미국 테네시 주 갈라틴 부근의 공장에서 '데이비드 랭크'라는 사람이 부인과 두 명의 자녀와 두 명의 친구들, 전부 해서 다섯 명의 눈앞에서 갑자기 사라져버린 사건이 있었어. 그리고 미국 남동부 해안 상공에서, 지금까지 이십 대 이상의 비행기가 어디론가 사라져버렸어."

가즈오와 고로는 선생님의 말에 귀를 기울였다.

"어느 사건도 사라진 사람들은 아직 발견되고 있지 않지만, 이런 것들이 타임리프로, 먼 미래나 혹은 먼 과거로 가버린 게 아닌가 하고 여겨지고 있단다. 또한 텔레포테이션의 예로는 어느 날 갑자기 도쿄에서 사라진 사람이 같은 무렵에 남아프리카의 킴벌리라는 곳에서 발견됐다는 이야기도 있어. 이런 이야기는 옛날부터 많이 있었지."

12

세 사람 모두 그런 이야기를 듣는 것은 처음이었기 때문에 깜짝 놀랐다.

"그럼, 제 경우에는 장소의 이동과 시간의 도약이 함께 일어난 셈이네요?"

후쿠시마 선생님은 가즈코에게 고개를 끄덕여 보였다.

"그렇게 생각할 수밖에 없어. 너는 트럭에 치일 뻔하게 되었을 때, 침대 위에 있는 자기 자신의 모습을 생각함과 동시에 그 사건에서 시간적으로도 멀리 떨어진 장소로 도망치고 싶다고 바라고 있었어. 그래서 그 전 시간으로 뛰어넘은 거지."

"그런데, 어째서 저한테 그런 일이……."

"왜 하필 나한테 생겼을까, 하는 거지? 그건 말이야……."

후쿠시마 선생님은 또 뭔가를 노트에 적으며 말했다.

"아마 4일 전에 그 실험실에서 맡았던 약 냄새 때문인 것 같은데……. 너는 분명히 그 라벤더 냄새가 나는 약 때문에 빈혈을 일으켰었잖아."

"네, 그랬어요."

"문제는 그 약이야. 그 약이 너에게 그런 능력을 갖게 한 게 아닐까? 그런데, 너는 자신이 그런 능력을 가지고 있다는 게 싫으니?"

"네, 싫어요!"

가즈코는 몸을 앞으로 내밀며 소리치듯이 말했다.

"저만 이런 이상한 능력을 가지고 있다는 게 싫어요."

"음, 그럴 수도 있지. 다른 사람들한테 너만 보통의 평범한 사람이 아닌 것처럼 생각되는 게 싫은 거지?"

후쿠시마 선생님은 그렇게 말하고 가즈코에게 고개를 끄덕여 보였다. 가즈코도 조용히 고개를 끄덕였다.

"이해해, 그런 마음은……. 괜찮아. 그렇다면 너는 네가 가지고 있는 능력을 사용해서 다시 한 번 4일 전의 그 실험실 사건이 있던 현장으로 돌아갈 필요가 있어."

"네?!"

"4일 전으로요?"

세 사람 모두 그 말에 깜짝 놀랐다.

"하, 하지만, 어떻게요?"

"어떻게냐고?"

울상이 되어 묻는 가즈코에게 후쿠시마 선생님은 오히려 이상하다는 듯 얼굴을 돌렸다.

"물론, 타임리프를 사용해서지. 너한테는 그 능력이 있고, 게다가 한 번 해봤던 적도 있잖아?"

"하지만 그때는 트럭에 치일 뻔하게 됐었던 쇼크로 얼떨결에……."

후쿠시마 선생님은 살짝 손을 들었다.

"알고 있어. 하지만 그 당시의 가즈코의 마음 상태, 몸 상태가 어땠는지 그것을 알아보기 위해서야. 가즈코, 넌 다시 한 번 그 상태를 만들어내는 것이 가능할 거야."

후쿠시마 선생님은 가만히 가즈코의 얼굴을 바라보며 그렇게 말했다. 가즈코는 생각에 잠겼다.

'그래. 그 사람에게 그 약을 만들지 못하게 하면, 나는 이런 큰 사건에서 해방될 수 있을 거야.'

"하지만 역시 가장 문제인 것은……."

가즈오는 깊이 생각에 빠진 듯 말했다.

"어떻게 가즈코를 4일 전으로 돌아가게 하느냐 하는 건데……."

후쿠시마 선생님은 고개를 끄덕이고는 다시 가즈코에게 말했다.

"바로 그거야. 가즈코, 네가 트럭에 치일 뻔했을 때 어떤 기분으로 무엇을 생각했었는지 기억해낼 수 있겠어?"

"아무리 해도 생각이 안 나요."

가즈코는 슬픈 표정으로 고개를 가로저었다.

"다시 한 번 그런 상태가 되어보지 않고는, 기억해낸다는 것이……."

"그런가."

오늘 아침에 있었던 그 사건을 떠올린 고로가 몸을 부르르 떨며 말했다.

"그렇다고 해서, 가즈코를 또 한 번 그런 위험한 일을 겪게 할 수도 없고……."

"좋아, 그건 내가 생각할게."

후쿠시마 선생님은 그렇게 말하고 일어섰다. 어느샌가, 다른 선생님들은 퇴근해버려서 교무실은 텅 비고, 운동장에는 땅거미가 지고 있었다.

"너희들, 이제 그만 집에 가야지? 같이 저기까지 갈까?"

세 사람은 후쿠시마 선생님과 함께 교문을 나섰다. 바람이 차가웠다. 새로운 건물을 짓는 공사현장에 두른 판자 울타리 옆을 걸어가면서 네 사람은 이야기를 주고받았다.

"만약 내가 4일 전으로 돌아간다면, 모두 나한테 힘이 되어 줄 거지?"

가즈코가 그렇게 말하자 가즈오가 신중하게 대답했다.

"그건 무리야. 왜냐하면 4일 전에는 이상한 현상이 하나도 일어나지 않았었잖아? 이야기를 듣는다 해도, 그때는 아직 아무것도 모를 테니까 아무래도 믿기는 어려울 텐데."

고로도 얼굴을 붉히며 말했다.

"나는 더더욱 그렇겠지."

"그럼, 나는 혼자만의 힘으로 이 사건을 해결해야 하는 거구나."

가즈코가 쓸쓸한 듯 그렇게 말했을 때다. 후쿠시마 선생님이 갑자기 차도 쪽으로 뛰어들며 소리쳤다.

"모두들 도망쳐! 위에서 철골이 떨어진다!"

2, 3일 전에도 이곳에서 공사 중에 쓰이는 목재가 인도로 떨어져 지나가던 사람이 부상을 입은 적이 있었다. 가즈오와 고로는 비명을 지르며 선생님을 따라 차도로 도망쳤다.

그러나 가즈코는 도망칠 수가 없었다. 너무 무서운 나머지 다리가 얼어붙은 것이다. 이미 머리 위까지 떨어지고 있는 철골을 상상하니 몸이 마비된 것 같았다.

'나는 철골 밑에 깔릴 거야!'

그렇게 생각했을 때, 가즈코는 순간적으로 타임리프를 하게 되었다.

13

순간 가즈코의 몸은 붕 하고 공중으로 떠올랐다. 그 희한한 감각은 완전히 얼어붙어 자유로이 움직일 수 없게 된 자신의 온몸을 누군가의 손이 안아 올리는 것처럼 느껴졌다.

'빨리, 후쿠시마 선생님이랑 가즈오, 고로가 있는 차도 쪽으로 도망가지 않으면 나는 철골 아래에 깔리게 될 거야!'

도망가자! 그렇게 생각한 가즈코의, 말하자면 정신력이 그녀 자신의 몸을 공중으로 띄운 것 같기도 했다.

눈앞이 깜깜해졌다. 귀가 윙—하고 울리더니 그다음엔 아무것도 들리지 않았다.

정신을 차려보니 주변은 캄캄한 밤이었다. 한 시간 전까지는 저녁놀이 건물 벽을 빨갛게 비추고 있었는데, 지금 가즈코의 눈앞에 비치는 검은 하늘에는 겨울철 별자리가 차갑게 빛나고 있었다.

“후쿠시마 선생님……!”

모두의 이름을 불러보려 한 가즈코는 그다음 말을 삼켜버렸다. 주변에는 아무도 없었던 것이다.

어느샌가 가즈코는, 그녀 자신이 그렇게 바랐던 대로 정말 차도에 있었다. 인도를 보았으나 그곳에 분명히 떨어져 있을 철골은 보이지 않았다.

‘아아…….’

가즈코는 소리도 나오지 않는 비명을 지르고 양손으로 얼굴을 감쌌다. 차도를 쉴 새 없이 달리던 자동차들이 지금은 한 대도 보이지 않고 후쿠시마 선생님, 가즈오, 고로는 물론 지나가는 사람의 그림자조차 없는 것이다. 그곳은 분명히 쓸쓸한 심야의 마을 도로였다.

‘그래! 나는 타임리프를 한 거야. 틀림없이 그런 거야.’

가즈코는 다시 고개를 들고 주변을 살펴보았다. 한밤중의 거리에는 별빛에 빛나는 차도와 건물의 검은 실루엣만 있을 뿐이다. 밤 풍경은 싸늘했다. 가즈코는 가방을 끌어안고 몸서리를 쳤다. 몸이 차가워져서 추웠다.

‘사실은 철골 따위는 떨어지지 않았던 거야. 내가 타임리프를 하게 하려고 후쿠시마 선생님이 나에게 일부러 겁을 준 거야.’ 가즈코는 그제서야 깨달았다.

'근데, 지금이 도대체 몇 시지? 아니, 며칠이지? 만약 과거로 돌아온 거라면 도대체 며칠 전으로 넘어온 걸까? 후쿠시마 선생님은 내가 그 대형 트럭에 치일 뻔했을 때와 똑같은 상태가 되도록 일부러 겁을 줘서 내 기분을 동요시킨 것이다. 하지만 선생님은 내가 며칠 전까지로 뛰어넘을 수 있을지 알고 있었을까?'

가즈코는 계속해서 생각했다.

'그래! 좋은 생각이 떠올랐다. 가방 안에는 노트가 들어 있고, 노트에는 그날의 수업 내용이 적혀 있다. 그걸 보면 오늘이 며칠인지 알 수 있지 않을까.'

가즈코는 곧장 가방을 열어 노트를 펼쳤다. 가로등 불빛으로 본 노트에서는 가즈코 자신이 썼을 게 분명한 오늘과 어제의 수업 내용이 사라져버리고 없었다. 그러면, 오늘은 2일 전, 즉 17일 월요일 밤이거나, 아니면 18일 화요일 새벽이라는 셈이 된다. 공기가 차가운 것으로 보아 가즈코는 지금이 화요일 새벽인 것 같다는 것을 거의 확신했다.

'그렇다면, 나는 아직 내 방 침대에서 푹 자고 있어야 하는데…….'

그렇게 생각한 가즈코는 가로등 불빛 아래에 선 채 몸이 굳어버렸다.

'나는 여기 있다! 집에도 내가 있다! 그렇다면 나는 지금 이 순간, 이 세상에 두 명이란 말인가! 방으로 돌아가면 그곳에는 또 하나의 내가 있고……. 그런 말도 안 되는 일이…….'

가즈코는 당황해서 고개를 절레절레 저었다. 하지만 그런 말도 안 되는 일이, 믿을 수 없을 것 같은 일이, 며칠 전부터 실제로 일어나고 있지 않은가…….

'나는 이제부터 어디로 가면 좋을까? 집에도 또 하나의 내가 있다고 한다면 나는 집으로도 돌아갈 수 없다…….'

가즈코는 금방이라도 울음이 나올 것 같아 얼굴을 찌푸렸다.

추웠다. 아침이 될 때까지 이런 곳에서 어슬렁거리고 있다가는 추위에 몸의 감각이 둔해지게 될 것이다. 아니, 그 전에 순찰차를 탄 경찰에게 발견되어 가출한 여자애로 오해받고는 경찰서로 끌려가게 될 것이다. 어떻게 하지……?

가즈코의 발걸음은 저절로 그녀의 집 쪽으로 향하기 시작했다.

'그래. 어쨌든 일단 집으로 가보자. 창문 너머로 내 방을 들여다보면, 나라는 존재가 이 세상에 동시에 존재하는지 아닌지 알 수 있을 거야. 아무리 창문 너머로라도 자신의 잠자는 얼굴을 본다는 게 그다지 기분 좋은 일은 아니지만.'

가즈코는 터벅터벅 밤거리를 계속해서 걸었다.

추위에 떨면서 가즈코는 집으로 돌아왔다. 현관은 잠겨 있었으므로 뒤뜰로 돌아가서 살며시 창가로 다가갔다. 누군가 그런 모습을 본다면 틀림없이 도둑이라고 생각하겠지만, 다행히 경찰에게 발견되지 않고, 개도 짖지 않았다.

가즈코는 항상 어슴푸레한 스탠드를 켜놓고 자는 습관이 있다. 너무 깜깜하면 어쩐지 불안하고 무서워서 잠을 못 자기 때문이다.

자기 방 창가 아래에 서서 까치발을 하고 실내를 들여다보자, 그곳에는 스탠드가 방 안을 희미하게 비추고 있었다. 가즈코는 떨리는 마음으로 자신의 침대를 바라보았다.

14

"아아……."

가즈코는 안도의 한숨을 내쉬었다. 침대 위에는 아무도 자고 있지 않았다. 또 하나의 가즈코가 자고 있는 일 따위는 없었다. 동시에 두 사람의 같은 인간이 존재한다는 모순은 일어나지 않았던 것이다. 다만, 그녀의 침대는 방금 전까지 누군가가 자고 있었던 것처럼 이불이 흐트러져 있었다.

일단은 안심했지만, 가즈코는 또다시 곤란한 상황에 빠졌다. 집 안으로는 들어갈 수가 없다. 창문은 안에서 잠겨 있다. 현관도 잠겼을 테고, 부엌도 틀림없이 잠겨 있겠지. 가즈코의 엄마는 문단속에 꽤나 철저하다.

어떻게 하지, 하고 가즈코는 생각했다.

초인종을 누르고 엄마를 깨워서 현관을 열어달라고는 도저히 할 수 없다. 엄마는 틀림없이 가즈코가 자고 있다고 생각하고 있을 것이기 때문에 집으로 돌아온 가즈코를 본다면 깜짝 놀라서 쇼크를 일으켜 쓰러질지도 모르는 일이다. 점점 더 추워져서 가즈코의 다리는 오들오들 떨리고 이는 딱딱거렸다. 방 안은 따뜻해 보였다. 석유스토브 위에는 물을 끓이는 주전자가 올려져 있었다. 주전자에서 나오는 증기가 유리창을 뿌옇게 하고 물방울을 만들고 있었다.

'방 안으로 들어가고 싶다…….'

가즈코는 이번에야말로 절실히 그렇게 생각했다.

'그렇지 않으면 나는 여기서, 이대로 꽁꽁 얼어버리게 될 거야!'

그때 가즈코는 자신의 몸이 붕 하고 공중으로 떠오르는 듯한 기분을 느꼈다. 앗, 이것은 아까 그 공사현장 옆에서 느꼈던 것과 똑같은 감각이 아닌가, 하고 생각했다.

'그래, 나는 지금 나만의 힘으로, 나의 의지, 나의 정신력만으로 타임리프를 하려고 하는 거야!'

몸이 떠오르는 듯한 기분은 점점 더 강해졌다. 가즈코는 열심히 방 안으로 정신을 집중시켰다. 갑자기 좀 전과 똑같이 눈앞이 어두워지고 귀가 윙— 하고 울렸다. 가즈코는 더욱더 노력해서 아까와 같은 상태를 만들기 위해 손발에 힘을 넣었다.

다음 순간, 가즈코는 갑자기 밝아진 주변에 눈이 아찔했다.

가즈코는 자신의 방 안에 서 있었다. 유리창 너머로는 한낮의 밝은 햇빛이 비쳐 들어오고 있었다.

"대낮이네!"

가즈코는 놀라서 소리쳤다.

"아아, 나는 이제 타임리프가 가능해졌어! 나 자신만의 힘으로! 다른 사람의 도움도 빌리지 않고!"

기쁜 나머지, 가즈코는 자신도 모르게 그렇게 외치고는 아차 하는 마음에 입을 막았다.

'안 돼! 엄마가 들었다간 큰일이다! 게다가 지금이 한낮의 몇 시쯤인지, 그것조차 모르잖아! 오전인지 오후인지도 모르겠고……. 만약 학교에서 수업하고 있을 시간이라면…… 엄마한테 혼나겠지! 도저히 설명을 할 수도 없지만, 알아주지도 않을 거고…….'

가즈코는 그렇게 생각하고 귀를 기울였다. 집 안은 조용했다. 아무래도 엄마도 여동생들도 없는 것 같았다. 가즈코는 안도했다.

'그래, 분명히 또 과거로 온 게 틀림없어. 그건 그렇다 치고, 오늘은 도대체 며칠이지? 그걸 확실히 해두지 않으면 말도 안 되는 실수를 저지를 것 같아.'

가즈코는 아직 끌어안고 있던 가방을 허둥지둥 열어 또 한 번 노트를 꺼냈다.

노트에는 14일 금요일에 배웠던 수업 내용이 적혀 있었고 그로부터 다음 날짜가 없었다. 백지였다.

'그럼, 오늘은 금요일 오후인 거구나.' 가즈코는 안심했다. '이번에는 3일 전까지 타임리프한 거구나.'

하지만, 가즈코는 정신이 번쩍 들었다.

'오늘이 금요일 방과 후라고 정해버려도 괜찮을까? 지금은 확실히 14일 오후일까? 아니, 토요일 오전일 수도 있지 않을까? 지금, 나는 학교에 가지 않고 집에 있다. 그러므로 노트에 토요일 수업 내용이 적혀 있지 않은 걸지도 모른다.'

가즈코는 초조해졌다. 도대체 오늘 날짜를 어떻게 하면 알 수 있을까? 오늘은 금요일인가? 토요일인가? 가즈코는 생각을 하다 지쳐버렸다. 달력을 봐도 알 수가 없었다. 방에 시계는 없었다.

가즈코는 조용히 복도로 나갔다. 아무도 집에 없기를……. 그렇게 바라면서 그녀는 거실 쪽으로 갔다. 거실에는 벽시계가 걸려 있다.

살며시 거실의 문을 열었다. 아무도 없었다. 시계만이 작은 소리로 째깍거리며 시간을 새기고 있었다. 시각은 10시 30분. 지금은 토요일 오전이었다.

'학교에서는 3교시 수업이 한참이겠네.'

가즈코는 곧 자신의 방으로 돌아가 가방을 들었다.

학교로 가지 않으면 안 되었다.

토요일 방과 후가 가즈코가 이 사건에 휘말리게 되는 원인이 된, 그 수상한 그림자를 본 것이다. 그 사람을 만나기 위해 고심한 끝에 이곳까지 시간을 거슬러 되돌아온 것이 아닌가.

가즈코는 다시 한 번 사건이 있었던 시간에 그 현장으로 가지 않으면 안 된다. 그리고 가즈코의 눈앞에서 사라진, 그 수상한 그림자를 만나야만 했다.

가즈코는 가방을 끌어안고 조용히 집을 나왔다. 도중에 아는 사람을 만나지 않기를 바라면서 그녀는 서둘러 학교로 향했다.

15

학교에 도착하니, 마침 3교시와 4교시 사이의 쉬는 시간이었다.

수업 중에 교실로 들어가서 선생님이 나무라면 뭐라고 변명을 할까 생각하고 있던 가즈코는 조금은 안심했다. 하지만 그녀가 교실로 들어가자 반 아이들은 놀라서 앗— 하고 가즈코를 둘러쌌다.

"가즈코, 어디 갔었어?"

가즈코의 옆자리인 마리코가 날카로운 어조로 물었다. 그녀의 안색이 창백해져 있어서 가즈코는 조금 놀랐다.

"어디라니?" 하고 되묻자 마리코는 더욱더 높은 소리를 내며 소리 지르듯이 말했다.

"농담하는 거 아니야! 너, 3교시 수업 중에 갑자기 사라졌었잖아!"

"사라졌다고?"

"그래."

옆에서 고로가 말했다.

"네가 그렇게 교실에서 살그머니 없어져서 모두들 굉장히 걱정했어. 왜냐하면 수업 중에 아무도 네가 교실에서 나가는 걸 본 사람이 없거든. 선생님도 네가 일어나는 것을 못 봤다고 하시고, 문 여는 소리조차 들은 사람이 없어."

"맞아."

또 마리코가 날카로운 목소리로 말했다.

"옆에 있는 나도 네가 언제 없어졌는지 몰랐어!"

가즈오가 고로의 뒤에서 고개를 끄덕이며 끼어들었다.

"가즈코는 마치 마법사 같아! 완전히 연기처럼 휙 하고 사라졌던 거구나!"

가즈코는 모두가 하는 말이 점점 납득이 되었다.

이중 존재의 모순은 미래의 가즈코, 즉 집에 돌아왔던 가즈코가 이 시간에 나타남과 동시에 또 하나의 가즈코의 모습을 없애는 것에 의해 해결되는 것이다.

교실에 있던 가즈코가 사라졌던 그 시간은, 미래에서 타임리프에 의해 되돌아온 가즈코가 자신의 방에 나타났던 것과 같은 시간인 것이다.

하지만, 그런 걸 어떻게 설명하면 좋을까? 가즈코는 난처해졌다. 슬며시 가즈오와 고로의 얼굴을 쳐다봤지만, 그들도 믿지 않을 게 틀림없다. 그들에게 모든 걸 털어놓았던 것은 훨씬 나중의 일이고, 털어놓을 원인이 된 사건 그 자체가 아직 일어나지 않은 것이다.

"아니, 어디 갔었어, 도대체?"

마리코가 또 히스테릭하게 소리쳤다. 그녀는 영문도 모르는 사건이 자신의 눈앞에서 일어났다는 것에 안절부절못하는 것이다.

"잠깐 속이 안 좋아서 화장실에……."

가즈코는 그렇게 말하고 은근슬쩍 넘어가려 했다. 그러나 마리코는 믿지 않았다.

"화장실이라고? 가방을 가지고?"

마리코는 의심이 가득한 눈초리로, 가즈코가 꼭 끌어안고 있는 가방을 보고 그렇게 말했다.

다행스럽게도 마침 그때, 고마츠 선생님이 교실로 들어왔기 때문에 아이들은 떠들어대는 것을 멈추고 각자의 자리로 돌아갔다. 가즈코도 가방에서 교과서와 노트를 꺼냈다. 그 수업도 가즈코에게는 이미 배웠던 내용이었다.

마리코도 아이들도, 그 후로는 가즈코에 대한 일을 잊어버린 듯 방과 후까지 그 이상 귀찮게 묻지는 않아서 가즈코는 안심했다.

방과 후가 찾아왔다.

가즈코와 고로와 가즈오, 이 세 사람에게 후쿠시마 선생님이 과학실 청소를 시킨 것도 역시 이전과 똑같았다.

세 사람이 청소를 마쳤을 때, 교정은 쥐 죽은 듯 고요했다. 가끔씩 어느 교실에선가 문이 여닫히는 소리가 뒤에서 울렸고 누군가가 강당의 피아노로 쇼팽의 폴로네즈를 치고 있었다.

"이제 다 됐다. 쓰레기는 내가 버리고 올 테니까, 너희들은 손을 씻고 오도록 해."

"그럴래? 이거 미안한데."

가즈코가 그렇게 말하자, 가즈오와 고로는 나란히 화장실로 향했다. 가즈코는 곧바로 옆 실험실로 들어갔다. 화장실에서는 고로와 가즈오가 손을 씻으며 이야기를 주고받고 있었다. 고로가 말했다.

"가즈코는 우리들을 마치 어린애처럼 생각하는 것 같아. 흥! '손을 씻고 오도록 해'라니!"

"그런가……."

가즈오는 꿈이라도 꾸는 눈빛으로 그렇게 말하고 계속 천천히 손을 씻었다.

화장실에서 나와서 고로는 가방을 가지러 교실로 갔고, 가즈오는 청소가 끝난 것을 보고하러 교무실로 갔다.

가즈코는 실험실의 칸막이 뒤에 몸을 숨기고, 그 수상한 인물이 오기를, 두근거리는 가슴을 안고 기다리고 있었다.

자, 드디어 온다! 이번엔 제대로 봐야 돼! 가즈코가 가슴을 쫙 펴고 손발에 힘을 넣는 순간, 과학실과 연결된 문이 열리고 누군가가 천천히 들어왔다.

'왔다…….'

16

가즈코는 한동안은 자신의 모습을 적에게 보이지 않기로 했다.

적? 적이라고는 해도, 자신을 해칠 생각이 있는 사람인지 아닌지는 아직 알 수 없다. 남자인지 여자인지, 그것조차 알 수 없다. 그러나 가즈코가 칸막이 뒤에 몸을 숨기고 있는 이 실험실로, 지금 몰래 들어온 그 '누군가'는 분명히 가즈코에게 폐를 끼친 사람이다. 이 사람 때문에 가즈코는 괴로워해야 했고, 평범한 생활과는 거리가 먼 경험을 해야만 했던 것이다.

침입자는 실험실의 약품장을 열고 안을 살피고 있는 듯, 약병과 시험관 등의 유리용기가 내는 잘그랑거리는 소리가 가즈코에게도 들려왔다.

'조금만 더 기다리자. 이제 곧 그는 테이블 위에서 저 신기

한 약품을 조합하기 시작하겠지. 증거품이 완성될 때 나가서 범인을 추궁하는 편이 좋을 거야.'

가즈코는 그렇게 생각했다.

하지만 가즈코는 나가는 것이 무서웠다. 만약 상대가 난폭한 사람이면 어떻게 하지? 자신의 비밀을 들켜버렸다고 화를 내고 덤벼들진 않을까? 만약 그렇게 된다면, 나는 여자다. 아무래도 당해낼 수 없을 거야. 가즈코는 손발이 떨리고 가슴이 쿵쾅거렸다.

역시, 누군가에게 이야기하고 같이 와달라고 하는 편이 좋았을지 모른다고 가즈코는 생각했다. 그러나 이제 와서 어떻게 할 수 있는 것도 아니고, 이야기했다고 해도 아무도 믿어주지 않았을 것이다. 역시 가즈코 혼자서 범인과 대결하는 것 외에 방법이 없었다.

가즈코에게 타임리프라든가 텔레포테이션이라든가 하는, 비현실적인 초능력을 준 이상한 약품을 만들 수 있는 사람이다. 상대는 천재일까? 미친 사람일까? 아니면 기인?

그러나 가령 상대가 누구이건 간에, 가즈코는 그 사람을 반드시 만나야만 했다. 그녀는 자신에게 생긴 그 초능력이라는 것이 버거웠다. 친구들이 자신을 다른 사람들과 다른 것처럼 보는 것이 싫었다. 그래서 그녀는 그 사람을 만나, 자신을 원래대로 되돌려달라고 부탁하지 않으면 안 된다. 어쩌면 겁을 주거나 부탁해야 할지도 모른다. 하지만 가즈코는 자신이 그런 일을 할 수 있을지 걱정이 되었다. 왠지 자신이 없었다.

게다가 아무리 자기가 부탁을 해도 그 사람이 들어주지 않을 수도 있다. 또 그 사람의 힘으로는 가즈코를 원래대로 돌려놓는 것이 불가능할지도 모른다. '그렇게 되면 어떻게 하지.' 가즈코는 걱정이 되어 마음을 놓지 못했다.

실험실 안은 조금 조용해졌다. 이제 약의 조합을 시작하고 있는 것 같다. 나가야 할 때는 지금이다. 가즈코는 그렇게 생각했지만, 다리가 바닥에 들러붙어 꼼짝도 할 수가 없었다. 드디어 문제의 그 인물과 대결한다는 긴장감이 가즈코의 몸을 휘감아버린 것이다.

'이런 데서 뭐하고 있는 거야! 뭣 때문에 고생해서 여기까지 왔는데! 나가서 저 사람과 만나지 않으면 아무것도 변하지 않아. 힘들게 되돌아온 의미가 없잖아!'

가즈코는 있는 힘껏 자신을 격려하려 했다. 하지만 그렇게 생각하면 할수록 그녀의 팔다리는 더 움츠러들고, 춥지도 않은데 덜덜 떨리는 것이었다.

'이 겁쟁이! 너는 겁쟁이야!'

가즈코가 속으로 그렇게 자신의 나약함을 비난했을 때였다.

"자, 요시야마 가즈코, 이제 나와도 돼. 네가 아까부터 거기 숨어 있는 것 정도는 알고 있었으니까."

저 목소리! 저 목소리는! 너무도 의외의 목소리라 가즈코는 자신의 귀를 믿을 수가 없었다. 그 목소리의 주인공, 그 인물은 가즈코와 너무도 가까운 인물이었던 것이다.

'설마…… 설마…… 그가…….'

가즈코는 칸막이 뒤에서 머뭇거리며 실험실로 나왔다. 약품장 앞에 서서 미소를 지으며 가즈코의 얼굴을 보고 있는, 문제의 인물. 그는…….

"가즈오……."

가즈코의 입에서 놀라움과 안도의 탄식이 새어나왔다. 여느 때와 마찬가지로, 꿈을 꾸는 듯한 눈빛에, 침착한 표정으로 가즈코를 바라보고 있는 것은 가즈코의 친구, 후카마치 가즈오였다.

내가 쫓아온 인물이 가즈오―. 줄곧 나랑 함께 있었던 가즈오가 바로 그 문제의 인물이라니. 가즈코는 지금 벌어진 일을 좀처럼 믿을 수 없었다. 하지만 이제 와서 그가 범인인 것을 의심해봤자 어떻게 되는 것도 아니다. 사실은 사실로 받아들일 수밖에 없다. 아니, 우선은 그에 앞서 그가 정말로 가즈코를 이런 궁지로 빠뜨린 범인인지 아닌지를 확인해야 한다. 그의 입에서 자백을 받아내지 않으면 안 된다고 가즈코는 그렇게 생각했다.

"그럼, 너였던 거니? 그 수상한 약을 만들어서 나한테 이상한 능력이 생기게 한 것이."

자신의 고통을 줄곧 옆에서 보아왔으면서, 지금까지 아무 것도 모르는 얼굴을 하고 있던 가즈오가 갑자기 미워져서 가즈코는 노여움이 담긴 눈초리로 그를 쳐다보았다. 그리고 호소라도 하듯이 말했다.

"응, 맞아. 하지만 처음부터 너를 곤란하게 하기 위해서 그랬던 것은 아니야. 네가 그런 초능력을 갖게 된 것은 정말 우연이지, 악의가 있었던 건 아니야. 지금까지 입 다물고 있었던 이유는 앞으로 설명할 거지만, 정말로 너를 위해서 그랬던 거야. 믿어줘."

가즈오는 가즈코의 그런 눈빛에 당황한 듯, 조금 망설이며 변명하듯이 그렇게 말했다.

"그래도…… 그래도……."

가즈코는 순간적으로 그를 추궁할 어떤 말도 나오지 않았다. 평소에 은근히 의지가 된다고 느꼈었던 가즈오가 왜—. 그녀는 또 탄식했다.

"아직 믿어지지 않아. 네가, 왜……."

가즈오는 힐끗 가즈코를 바라보며 어쩐지 묘한 미소를 지었다. 그 웃음에서, 가즈코는 깜짝 놀랄 만큼 어른스러움을 발견했다. 그것은 반 아이들이 종종 어른들을 흉내 낼 때 짓는 표정과는 확실히 다른 것이었다.

'이 사람은, 우리와 같은 아이가 아니야. 우리들과는 어딘가 다르다!'

가즈코는 그렇게 직감했다. 이 사람은 어른이다…….

"당신은…… 당신은 누구예요!"

17

"어떻게 설명하면 좋을까."

가즈오는 잠시 생각에 잠겼다. 이윽고 가즈코 쪽을 돌아보더니 가볍게 숨을 들이마시고는 이야기를 꺼내기 시작했다.

"설명하기에는 조금 시간이 걸려. 하지만 이제부터 내가 하는 말은 전부 사실이야. 믿어줬으면 좋겠는데. 너는 벌써 여러 가지 불가사의한 사건들, 다시 말해 너한테 있어서는 이해하기 어려운 사건들을 많이 경험했으니까 다른 사람보다는 쉽게 이해해줄지도 모르겠다. 한마디로 말하자면, 나는 미래에서 왔어."

"미래에서 왔다고?"

가즈코는 심한 충격을 받았다. 어떤 일이라도 믿겠다고 결심했지만, 이건 너무나도 큰일이었다. 상식의 한계를, 적어도 가즈코의 상식을 뛰어넘는 설명이었다. 한동안 멍해 있던 가즈코는 세차게 고개를 저었다.

"믿어지지 않아."

"그렇겠지."

가즈오는 의외로 담담하게 말하고는 가볍게 고개를 끄덕였다.

"무리도 아니지. 마치 SF 같으니까."

'농담일까?' 가즈코는 그렇게 생각했다. '하지만 나 같아도 이런 때에 농담할 기분은 들지 않을 것이다.'

"미래에서 타임머신이라도 타고 왔다는 거야?"

잔뜩 비아냥거리듯이 가즈코가 그렇게 말하자 가즈오는 진지한 표정으로 고개를 저었다.

"그렇지 않아. 네가 한 것과 똑같은 방법으로 왔어. 무슨 말인지 알겠지? 타임리프, 그리고 텔레포테이션 말이야."

'역시 진심이잖아!' 가즈코는 지금 있는 방이 빙글빙글 도는 것처럼 느껴져 후들거리는 다리를 땅에 힘껏 딛고 섰다. 가즈오는 계속해서 이야기했다.

"만약 내 이야기를 못 믿겠다면 굳이 믿어주지 않아도 상관없어. 옛날이야기를 듣는 셈치고 들어주면 돼. 어느 쪽이든, 너는 그만큼 힘들어했으니까 내 설명을 들을 권리가 있어. 하지만 내 이야기가 너무 엉뚱하다고 해서 좀 더 현실적인 설명을 요구해봤자, 내가 할 수 있는 이야기란 이것뿐이야. 나는 거짓말하는 것은 싫어하니까."

"들을게."

가즈코는 그렇게 말했다. 이미 이렇게 된 바에야, 어떤 말도 안 되는 이야기일지 끝까지 듣지 않고는 견딜 수 없었다.

"그럼, 이야기할게. 맞다, 그 전에 시간을 멈춰두자. 누군가가 오면 안 되니까."

"뭐라고?"

가즈코는 놀라서 펄쩍 뛰어오르며 소리쳤다. 하지만 거기에는 아랑곳하지 않고 가즈오는 주머니에서 트랜지스터라디오같이 생긴 장치를 꺼내, 안테나를 뽑아냈다.

"자, 이걸로 이제 이 세상에서 움직이거나 이야기를 하는 것은 나와 너뿐이야. 거짓말같이 생각된다면 창밖을 봐."

가즈코는, 자신에게 태연스럽게 창문을 가리키는 가즈오를 거의 울먹일 듯한 얼굴로 응시하였다.

'이 사람은 제정신일까? 아, 그 전에 이것은 현실일까? 이런 어이없는 얘기를 계속 듣는다면 나는 미쳐버리고 말 거야!'

멍하니 멈춰서 있는 가즈코에게 가즈오는 쓴웃음을 지어 보였다.

"자, 봐. 어서."

그는 가즈코에게 다가와 그녀의 손을 잡고 창가로 데려갔다. 가즈오의 손은 굉장히 차갑게 느껴졌다.

'어머, 꼭 여자 손 같아…….'

가즈코는 멍하니 그런 생각을 하면서 가즈오에게 이끌려 간 2층 창문에서, 학교 앞을 달리고 있는 국도를 바라보았다.

상점가 앞을 지나는 그 하얀 국도에는 몇 대의 차가 멈춰 있었다. 버스도 트럭도 승용차도, 전부 국도 한가운데서 멈춰 있는 것이다! 아니, 그뿐만이 아니다. 국도를 따라 있는 인도, 횡단보도에도 사람들이 우두커니 멈춰 서 있었다. 걸어가던 모습 그대로! 그리고 개는, 그 개에게 눈길이 미치자 가즈코는 눈이 휘둥그레졌다. 그 개는 달리던 모습 그대로 지면에서 몇 십 센티미터인가 떨어진 공중에 떠올라 멈춰 있는 것이 아닌가!

정확히 말하면, 차와 사람과 개가 멈춘 것이 아니라 시간 그 자체가 멈춘 것이었다. 가즈코는 이제 더 이상 놀랄 기력도 없어서 단지 멍하니, 그 비현실적인, 마치 그림인 것 같은 정경을 바라볼 뿐이었다.

"시간이…… 멈췄네."

가즈코는 이렇게 중얼거렸다. 주변은 조용했다. 방금 전까지 들려왔던 자동차의 경적소리도 완전히 멈췄다.

"그렇다기보다는, 시간이 흐르는 것과 같은 속도로 우리 두 사람이 시간을 후퇴하고 있다고 하는 쪽이 맞을 거야. 그래서 우리 눈에는 시간이 멈춘 것처럼 느껴지는 거지."

"어떻게 그런 게 가능해?"

"바로 이 장치 때문이지. 이 녀석이 우리 두 사람의 주변에 강력한 에너지 스크린을 둘러쳐서, 외계와 차단해주는 거야. 눈에 보이지 않는 그 텐션 내부에서는 시간을 거슬러 올라가게 돼. 이 포스 배리어는 그 외에 여러 가지 것에 응용할 수도 있어."

"모…… 모르겠어, 뭐가 뭔지 하나도……."

"뭐, 이런 따분한 얘긴 몰라도 괜찮아."

가즈오는 가볍게 그렇게 말하고 또다시 가즈코의 손을 잡고 실험실 한가운데로 돌아갔다.

"그건 그렇고. 그럼 이제 이야기해볼까, 처음부터……."

가즈오는 마치 이런 복잡한 상황을 즐기고 있는 것처럼 보였다.

18

가즈오의 이야기란 다음과 같았다.

서기 2600년대에 들어서자, 지구의 인구는 급격히 증가했다. 이때, 이미 달과 화성에는 지구의 식민지가 생기고, 노동력 과잉으로 인해 지구에서 살 수 없게 된 사람들은 점점 다른 혹성으로 이주하기 시작했다. 그러나 이들은 전부 가난한 하층민 계급의 이야기였고, 상류계급 사람들과 과학자, 교수 등의 지식인들은 전력을 다해 지구의 운명을 지키려고 노력하고 있었다.

2620년. 원자력의 평화적인 이용으로 지구의 문화는 크게 발전하고 다양한 과학적 발명이 이루어졌다. 그러나 한편에서는 과학이 너무나 고도로 발전했기 때문에 일반 사람들은 이러한 과학지식을 따라갈 수가 없게 돼버리고 말았다. 과학자들도 전문화되고 분업화되었다. 그 결과, 자신의 전문분야만큼은 뛰어나게 잘 알고 있으나 그 외의 것은 초보적인 것조차 전혀 알지 못하는, 말하자면 정신적인 불구자가 많아진 것이다.

곤란해진 것은 학교와 그 외의 교육 기관이다. 지금까지와 같은 학교 교육으로는 모든 분야의 극히 초보적인 단계밖에 가르칠 수가 없다. 즉, 졸업하고 세상으로 나가도 전혀 도움이 되지 않는, 이를테면 상식 이전의 것밖에 가르칠 수가 없는 것이다. 그래서 교육기간이 연장되었다. 어린이들은 네 살이 되면 곧바로 초등학교에 들어갈 수가 있다. 거기서 14년간 기초교육을 마치면, 이번에는 5년간의 중학과정에 진학한다. 그때까지가 의무 교육이다.

그러나 중학교를 나왔다고 해도, 아직 취직을 할 수 있는 것은 아니다. 간단한 노동이나 계산이라면 오토메이션 기계나 전자두뇌가 하기 때문에 중졸 정도의 사람은 일정한 전문교육을 받기 위해 고등학교나 전문학교에 5년간 진학하지 않으면 안 된다.

이곳을 졸업하면 드디어 보통의 기술자, 혹은 사무원이 될 수 있지만 의사나 학자가 되기 위해서는 아직 공부를 더 해야만 하는 것이다.

이렇게 해서 전문가가 되기 위한 최후의 과정까지 마쳤을 때, 그 사람은 젊어야 38세, 경우에 따라서는 50세 가까이 되기도 하는, 심각한 지경이 되고 말았다. 대부분의 사람들이 40세가 넘어서 결혼하기 때문에 출산율이 낮아졌고, 결국에는 지구 전체의 인구가 감소하기 시작했다.

"이건 안 된다. 이대로라면 인류는 쇠퇴의 길로 접어들게 된다."

의사와 과학자들은 이러한 사태에 경악하고, 이를 해결하기 위해 연구에 연구를 더했다.

그리고 2640년. 드디어 획기적인 방법이 발명되었다. 그것은 수면 교육 혹은 잠재의식 교육이라는, 새로운 교육방법이었다.

"그게 뭐야? 그 수면 교육이라는 게?"

한참 정신없이 가즈오의 이야기에 빠져들었던 가즈코는 무심코 가즈오에게 바싹 다가가 물었다. 그녀는 이미 완전히 가즈오의 이야기를 믿고 있었다. 엉터리라고 하기엔 그 이야기는 너무도 생생했기 때문이다.

"응, 수면 교육이라는 것은 말이지. 아이가 자고 있는 동안에 아이의 뇌에다 직접 여러 가지를 기억하게 하는 교육방법이야. 녹음한 자기磁氣 테이프를, 머리 부분에 전극을 맞춰서 플레이백시켜. 인간의 잠재의식이란 굉장히 큰 힘을 가지고 있어서, 수면 교육으로 받았던 그 기억은 필요한 때에 언제라도 불러올 수가 있거든.”

가즈코에게 설명하는 가즈오의 눈도 왠지 활기가 있었다. 그는 고개를 끄덕이면서 이야기를 계속해나갔다.

“그로 인해서 인간의 교육은 상당히 단기간으로 끝나게 되고 말았어. 세 살 정도부터 그 방법으로 교육을 하면, 지금 시대로 말하자면 중학교 1학년 정도의 나이에, 지금의 대학 정도까지의 교육을 다 받게 돼. 그리고 나도 그 교육 덕분으로…….”

가즈오는 거기서 입을 다물었다. 가즈코는 조금 전 느꼈었던 의문이 약간은 풀리는 것 같아 다시 한 번 그에게 물었다.

“그럼, 너는 지금 진짜로 몇 살이야?”

가즈오는 어찌할 바를 몰라 조금 머뭇거리다가 대답했다.

“열한 살이야.”

“뭐!”

가즈코는 기가 막혀서, 자기보다 10센티미터 이상 키가 큰 가즈오를 위아래로 훑어보았다.

“그럼, 나보다 네 살이나 어린 거 아냐! 그런데, 진짜야?”

가즈오는 쑥스러운 듯이 머리를 긁적이면서 대답했다.

“말하자면, 2660년쯤이 되면 어린이의 발육은 굉장하거든. 뭐, 정확히 말하자면 오히려 이 시대의 어린이 쪽이 발육 불량이지만.”

“어머, 내가 발육 불량이야?”

가즈코는 자신의 작은 체구를 이리저리 둘러보며 말했다.

“화낼 필요는 없어. 우리들의 시대 2660년 무렵에는 먹는 것이 모두 칼로리 높은 영양식뿐이거든. 그러니, 그렇기 때문에 더더욱 정신과 육체의 조화가 이루어지는 셈이지. 하긴, 그렇잖아? 대학생 정도의 학력이 있는 아기라니, 뭔가 징그럽지 않니?”

“그럼 너는 대학생 정도의 학력이 있다는 거야?”

가즈코가 묻자 가즈오는 고개를 끄덕였다.

“응, 그래. 나는 대학에서 약학부에 다니고 있어.”

‘그래서 이 아인, 공부를 잘했던 거구나.’

가즈코는 그렇게 생각했다.

“그런데, 왜 넌 지금 시대로 온 거야? 그것도 이 학교로. 그리고…… 그리고, 뭣 때문에 이 시대의 사람 같은 얼굴을 하고 우리들과 같이 있는 거야? 미래로 돌아갈 예정은 없어?”

가즈오는 당황해서, 홍수처럼 흘러넘치는 가즈코의 질문을 제지했다.

“자, 잠깐만. 순서대로 이야기할 테니까…….”

19

가즈오가 태어난 것은 2649년이었다.

다른 아이들과 똑같이 그도 세 살이 되자 수면 테이프로 교육을 받고, 2660년, 열한 살이 되던 해에 약학 공부를 하기 위해 대학에 들어갔다.

마침 이 무렵, 계속해서 새로운 약이 발명되고 있었다. 그것은 인간이 지니고 있는, 잠재된 능력을 발굴하는 일종의 자극제였다. 인간에게 신체이동, 염동력, 정신감응 등의 초능력이 잠재하고 있다는 것은 이미 과학적으로 증명되었기 때문에, 이들 능력을 어떻게 개발하는가 하는 것이 학자들에게 남겨진 과제였던 것이다.

가즈오는 대학에서 신체이동이 자유자재로 가능한 약품 연구에 돌입했다. 물론 아직 초보 단계의 실험밖에 하지 못했지만, 동기들 중에서도 특히 성적이 좋았던 가즈오는 자신의 힘으로만 생각해낸 여러 가지 새로운 아이디어를 가지고 있었다.

그중 하나로, 신체이동과 시간도약을 조합하려고 하는 안이 있었다. 한 번에 시간과 장소를 이동하는 능력인 것이다. 가즈오는 이것이 불가능하지 않다고 생각했다. 신체이동 능력의 자극제는 이미 나와 있었고, 시간이동도 타임 배리어 등으로 이미 가능한 것이었다. 가즈오는 지금까지 나온 자극제를 분석하고 연구했다. 그 약 중에서 두 가지의 효능을 종합하려는 것이었다.

그것은 신체이동 능력 자극제, 전문용어로 말하면 크로커스 지르비우스라는 약품인데, 이것에다 라벤더라는 꿀풀과인 상록 소관목의 꽃을 건조시킨 향료를 첨가하면, 생각한 대로의 효과를 얻을 수 있을 것 같았다. 그러고 나서 여러 번 실패를 거듭하고 고심한 끝에, 드디어 약을 만드는 데 성공하게 된 것이다.

그런데 약은 만들었지만 실험해보지 않으면 효과를 알 수가 없었다. 가즈오는 그것을 논문으로 발표하기 전에 스스로 시험해보려고 했던 것이다.

"그러나 대실패를 해버렸어."

가즈오는 거기까지 말하고 나서 웃으며 머리를 긁적였다. 가즈오가 웃을 때 아까의 어른스러움이 사라지고 살짝 아이다운 모습이 보였다.

"시간도약을 하긴 했는데 뭔가 잘못돼서 미래로 돌아갈 수 없어졌다……. 그런 거 아냐?"

가즈코가 이렇게 말하자, 가즈오는 고개를 끄덕였다.

"맞아, 바로 그거야. 약이 어느 정도 효능이 있는지 잘 몰랐기 때문에 조금만 마셨지. 그랬더니 과거, 다시 말해 이 시대까지 오게 됐는데, 미래로 돌아가기에는 약의 효력이 너무 약한 거야."

"그 약, 가져왔으면 좋았잖아."

"으, 응. 그거야 가져오려고 생각하고 준비는 해뒀어. 그런데 깜빡 잊어버리고 말았어."

"가즈오 너는 언제나 꽤 침착하다고 생각했는데, 의외로 덜렁이구나."

"그런 게 아냐. 어느 시대로 갈지, 이리저리 생각하다 결국 비교적 평화로운 시대로 오려고 정한 바로 그 순간, 과거로 와버린 거야. 그때 약을 가지고 있지 않았었어."

가즈오는 얼굴을 붉히며 정색을 하고 말했다.

"그래서 다시 한 번 그 약을 만들기 위해, 이 학교 학생이 되어 이 과학실로 몰래 들어왔다는 거구나."

"맞아. 하지만 너한테 들킬 것 같아 황급히 숨었을 때, 그 약을 떨어뜨려버렸어. 너는 그 약을 마시진 않았지만 냄새를 맡았기 때문에 극히 제한된 범위 내에서의 시간도약과 신체 이동이 가능해져 버린 거야."

"그럼, 내 능력은 시간이 지나면 없어진다는 거네?"

"그래. 그래서 너는 그렇게 걱정할 필요가 없어."

가즈코는 안심했다는 듯이 말했다.

"하지만 그런 건, 난 잘 모르겠어……. 어쨌든 중요한 건, 네 약은 한 번 더 만들 수 있는 거야?"

"아, 벌써 만들었어."

가즈오는 책상 위를 가리켰다. 거기에 놓인 시험관 안에는 갈색 액체가 하얀 수증기를 내고 있었다.

가즈코는 문득 수상한 생각이 들어 가즈오에게 물었다.

"너는 왜 나한테 이렇게 여러 가지 일을 설명해주는 거니?"

가즈오는 잠시 생각을 하더니, 대답했다.

"그거야, 네가 여러 가지 일로 고민하고 있으니까 설명해야 할 의무가 있다고 생각해서지."

"그렇지만, 너한테 나는 과거의 사람이니까? 네가 미래로 돌아가 버리면 너와 나 사이에는 아무런 관계도 없어지는데……."

가즈오는 한동안 난처한 표정으로 바닥을 내려다보더니, 이윽고 가즈코의 얼굴을 정면으로 보고 결심했다는 듯이 이렇게 말했다.

“그럼, 말해버린다. 가즈코, 난 네가 좋아졌어.”

“어머!”

가즈코는 깜짝 놀라 어안이 벙벙해졌다.

‘얘는, 조숙한 아이구나!’

20

"미래의 사람들은 그렇게 간단하게 사랑 고백을 하니?"

가즈코는 당황한 마음을 숨기고 일부러 비아냥거리는 듯한 말투로 웃었다. 아무리 대학생이라고 해도 가즈코가 연상이라는 것에는 변함이 없다. 내가 누난데, 그렇게 생각하자 가즈코는 조금 편안한 기분이 들어서 가벼운 농담을 던졌다.

"너는 연상의 여자를 좋아해?"

가즈오는 그제서야 무슨 말인지 짐작이 간다는 듯한 얼굴을 하고 선선히 이렇게 말했다.

"아아, 그러고 보니 그랬네."

"그러고 보니, 라니?"

가즈코는 살짝 화가 났다. 그럼 마치 내가 그보다도 정신적으로나 육체적으로나 훨씬 어린 것처럼 보이는 게 아닌가 하고, 그녀는 약간 발끈했다.

"어차피 나는 현대인이야. 다시 말해, 너한테는 과거의 사람이고. 그러니까 정신연령이 낮은 것도 발육 불량인 것도, 당연한 거잖아?"

가즈코는 조금 뾰로통하게 굴었다. 그러나 가즈오는 난처해하는 모습도 없이 그녀에게 말했다.

"그런 게 아니야. 내가 너를 연상의 여자처럼 생각하지 않았다는 건…… 말하자면…… 어떻게 말해야 좋을지 모르겠지만. 나는 한동안 너랑 같은 반에서 공부하고, 고로와 셋이서 사이좋게 즐겁게 지냈어. 그래서 지금은 네가 굉장히 친근하게 느껴져. 실제로 같이 지낸 시간보다도 오래, 훨씬 전부터 널 알고 있었던 것 같은 기분이 들어. 그래서 난 너를 좋아하는 게 틀림없는 것 같아."

가즈코의 얼굴은 빨갛게 달아올랐다. 그녀는 얼굴이 빨개졌음을 깨닫고, 오히려 더 갈팡질팡했다. 그녀 자신도 심하게 당황하고 있다는 것을 느꼈다.

'어머! 얼굴을 정면으로 마주 보고 이렇게 확실하게 좋아한다는 말을 듣는 건 처음이야! 아무래도 주장이 확실한 아이인가 봐! 미래의 사람들은 어린애라도 이런가?'

마치 하이틴 로맨스 소설 같아, 하고 가즈코는 생각했다. 무리도 아니었다. 소설은 종종 읽었지만 소설은 소설이고, 지금까지 가즈코의 주변에서는 좋아한다든가 싫어한다든가 하는 감정은 반 장난스러운 것으로 여겨졌기 때문이다. 물론 반에서 누구랑 누가 사귄다는 소문이 돌았던 적도 있었다. 그러나 그것도 대부분은 재미 삼아 놀린다거나, 소문의 장본인을 곤란하게 하기 위해 짓궂게 군다거나, 또 어떤 때는 정말로 사이가 좋은 것을 부러워해서 반은 질투심으로 비방한다거나 하는 것만으로 그치곤 했었다.

가즈코도 마리코한테 고로를 좋아하냐는 식의 놀림을 받았던 적이 있었다. 그러나 가즈코 나이의 여자애들에겐, 같은 또래의 남자애들은 어린애 같아서 연애감정 따위가 도저히 생길 것 같지 않았던 것이다.

그런데 지금 가즈오에게 이렇게 진지하게 정면으로 감정을 고백받고 보니, 가즈코는 이런 상황이 뭔가 자신과는 어울리지 않는 것 같았다. 그저 당황하여, 대답할 말도 궁색해지고 아무 말 없이 고개를 숙이고 있을 뿐이었다.

"훨씬…… 훨씬 전부터?"

멍하니 꿈을 꾸는 기분으로, 가즈코는 기계적으로 가즈오가 했던 말을 반복했다.

"그래. 그런 기분이 들어."

가즈오는 미소를 띠며 고개를 끄덕였다.

"하지만 실제로 같이 있었던 건, 고작 한 달뿐이었는걸."

"한 달이라고?"

가즈코는 깜짝 놀라 고개를 들었다. 그러고는 세게 고개를 저었다.

"그렇지 않아! 나, 너랑 훨씬 전부터 알고 있지 않았어? 그래…… 이미 2년 전부터. 그 전에는 너랑 얘기했던 적은 없었지만, 초등학교 때부터 알고 있었어. 왜냐하면 집이 근처였잖아!"

"아 참. 그걸 말한다는 걸 깜빡했어."

"깜빡했다니, 뭘?"

"내가 너한테, 아니 나와 관계가 있는 모든 사람들에게 나에 관한 가공의 기억을 주었다는걸."

"가공의 기억?"

가즈코는 도무지 영문을 알 수 없었다.

"그래. 말하자면, 나는 막 한 달 전에 이 시대로 오게 됐어. 오게 된 건 한 달 전이지만, 이 시대의 사람들과 함께 생활하기 위해서는 그 이전부터 내가 이 시대에 있었던 것처럼 하지 않으면 안 되잖아. 그래서 가공의, 나에 관한 추억을 만들어서 많은 사람들에게 그것을 기억으로 주입한 거야."

"뭐라고? 그럼 그건, 나뿐만이 아니라, 고로 군과 후쿠시마 선생님, 그리고…… 그리고 마리코와……."

"맞아, 우리 반 아이들은 물론 그 이외에도 당연히 나를 알고 있는 사람에게는 전부."

"어떻게…… 어떻게, 그런 게 가능했어?"

"응. 그건 말이지, 네가 생각하는 것만큼 어려운 일은 아니야. 너, 최면술 알지? 인간을 최면상태로 해두고, 자, 당신은 새가 되었습니다, 하고 암시를 주면 그 사람은 정말로 새가 된 것처럼 생각하는 것 말이야. 내가 했던 것도 그것과 비슷한 거야. 물론 그 기술은 훨씬 진보된 거지만. 또 최면술이라는 건, 한 사람에게 거는 것보다 한번에 많은 사람에게 거는 편이 더 쉬워. 누군가가 걸리면 연쇄반응으로 옆에 있는 사람이 연이어 걸리게 되거든……."

가즈코도 그것은 후쿠시마 선생님에게 들은 적이 있었다.

"집단 최면효과……."

"그래 맞아. 이 시대에도 그런 말은 있었구나. 딱 그것과 비슷한 것을 한 거야. 내 경험으로는 이 시대의 사람은 굉장히 최면을 걸기가 쉬웠어."

'그거야, 네가 있는 시대의 사람에 비하면 단순한 야만인이니까 그렇겠지.'

가즈코는 또 그렇게 비아냥거리고 싶었지만, 더 이상 자기가 비뚤어진 아이라고 생각하게 하고 싶지 않아서 겨우 입을 다물었다.

21

"그렇게 해서, 나는 이 시대에 원래부터 있었던 것처럼 모든 상황을 준비해놓고 생활을 시작했어. 이 학교에 계속 다니고 있었고, 그 집에 줄곧 살았었다는 식으로……."

"그 집!"

가즈코는 갑자기 가즈오의 부모님을 떠올렸다.

"그럼, 거기에 있던 사람들은 네 가족이 아닌 거야?"

"그렇지. 그 사람들에게는 아이가 없었어. 나는, 내가 저 사람들의 자식이라는 기억을 그 착하고 식물을 좋아하는 중년 부부에게 심어주었어. 왜 그 가정을 골랐냐면, 그분들은 온실에서 라벤더를 키우고 있었으니까. 나는 그 꽃에서 크로커스 지르비우스를 만들어 미래로 돌아갈 예정이었어."

그렇게 말하고 가즈오는 방 안에 있는 약이 들어 있는 시험관을 힐끗 돌아보았다.

"그 약도 오늘 가져왔어……."

"그러면, 네 이름도 사실은 후카마치 가즈오가 아니겠네?"

"그래. 후카마치 가즈오란 이름은 이 시대의 내 이름이야. 미래에서는 미래의 내 이름이 있어."

"그 이름은?"

"그 이름은……."

가즈오는 잠시 입을 다물었다.

"너한테는 이상한 이름으로 들릴 거야. 내 진짜 이름은, 켄 소고르야."

"켄 소고르?"

가즈코는 그 이름을 두세 번 입안에서 되풀이했다.

"굉장히 좋은 이름이네."

"고마워."

"근데, 어째서 더 빨리, 그걸 나한테 가르쳐주지 않았어? 너는 계속 내가 혼자서 고민하고 있는 걸 옆에서 봤으면서……."

가즈코의 미움이 담긴 눈빛에 가즈오는 살짝 난처한 표정을 지어 보였다.

"네가 그 약 냄새를 맡고 정신을 잃었을 때, 나는 너한테 아무 설명도 하지 않고 너한테서 그 능력이 사라질 때까지 조용히 있으려고 했었어. 이런 복잡한 설명으로, 평온한 너를 혼란스럽게 하고 싶지 않았으니까. 하지만 너는 뜻밖에도 교통 사고를 당하고, 타임리프와 텔레포테이션을 해버렸어."

가즈코는 아무런 말도 못하고 그저 듣기만 할 뿐이었다.

"그러더니 혼자서 과거로 시간을 뛰어넘기 시작했지. 이런 나를 만나기 위해서인지는 몰라도. 그래서 나도 더 이상 너를 고민하게 하고 싶지 않아서 시간을 거슬러 올라와 여기까지 찾아온 거야. 모든 것을 너한테 말해주려고……."

모든 의문은 풀렸다. 가즈코는 그렇게 생각했다. 이것으로 모든 것이, 확실해졌다…….

그러나 가즈오는 계속해서 이야기했다.

"그런데 나는, 사실은 너한테 이런 것을 말해서는 안 돼. 원칙적으로는, 과거 시대의 사람에게 미래의 일을 말해서는 안 되는 거야."

"어머, 왜?"

"역사가 혼란스러워지니까. 사회적으로 나쁜 영향이 있거든. 왜, 그렇잖아? 현재의 사람에게 예를 들어, 앞으로 몇 년 후에 이 나라에서 전쟁이 일어날 겁니다, 하고 가르쳐주면 순식간에 대소동이 일어나버릴걸. 왜냐하면 그 시대의 사람에게는 어떻게 할 방법이 없으니까."

"하지만, 전쟁을 그만둘지도 모르잖아?"

"안 돼. 기본적으로는, 역사를 바꾸는 것은 불가능해. 만약 바꿀 수 있다면 그것을 이용하려고 하는 나쁜 사람들이 나타나서 소동은 더 커지기만 할걸."

"그럼, 과거의 사람에게 미래의 일을 가르쳐주지 말라는 건, 너희 시대의 법률이야?"

가즈오는 마땅히 대답할 말이 떠오르지 않는지 잠시 머뭇거리고는 짧게 대답했다.

"응, 뭐, 그렇지."

"그렇다면 너는 그 법률을 위반하게 된 거 아냐? 모든 걸 나한테 말해주었잖아."

"예외는 인정돼."

"예외라니? 그건 뭐야?"

가즈오는 잠시 이야기하는 것을 주저하더니 곧 한숨을 쉬고 말했다.

"내가 이야기했다고 해도, 그 사람이 기억하고 있지 않으면 괜찮아. 다시 말해, 나에 관한 기억을 네 머릿속에서 지워버리면, 괜찮다는 거야."

22

가즈코는 깜짝 놀라 눈이 휘둥그레졌다.

"그럼, 너는 미래로 돌아가기 전에 내 머릿속에서 너에 관한 기억을 지워버리겠다는 거야?"

가즈오는 슬픈 얼굴로 고개를 끄덕였다.

"어쩔 수가 없어. 내가 돌아가 버린 뒤에 네가 나에 대한 기억을 잊어버린다는 건 너무나 슬프지만. 하지만 그렇게 하지 않으면 나는 내 시대에서 벌을 받게 될 거야."

"그런 거, 싫어!"

가즈코는 고개를 세차게 저었다. 가즈오에 관계된 기억을 전부 지워버린다면, 그와 즐겁게 이야기했던 것도 또 지금 그에게서 사랑 고백을 받았던 것도, 전부 잊어버리게 되는 것이다. 아니, 그것뿐만이 아니다. 가즈오의 얼굴조차 기억할 수 없게 되어버리는 것이다.

“힘들었지만, 지금까지의 일은 나한테는 소중한 경험이었어. 나, 잊고 싶지 않아. 왜냐하면 너는 나를 기억할 거잖아? 계속……. 나만 너에 대한 것을 잊어버려야 하는 거야?”

“너만이 아니야. 이 시대의 사람들, 나와 관계가 있는 모든 사람들의 마음속에서 나에 대한 기억을 지우는 거야.”

가즈코는 문득 불안해졌다.

“그런데 넌, 언제 미래로 돌아갈 예정이야?”

“지금 바로.”

“앗, 그렇게 빨리…….”

“나야 계속 있고 싶지. 이 시대에서 너랑 고로랑 즐겁게 살고 싶어. 하지만 나한테는 할 일이 있어. 약 연구를 완성하고 싶거든.”

가즈코는 힘없이 고개를 떨구었다.

“역시 너는 미래인이구나. 가즈오는 이 시대보다 미래가 좋은 거지?”

원망이 담긴 가즈코의 물음에 가즈오는 분명하게 대답했다.

“나는 미래보다 이 시대가 좋아. 느긋하고 따뜻한 마음을 가진 사람들만 있고, 가정적이야. 계속 살기도 편해. 미래의 사람들보다는 이 시대의 사람들이 좋아. 너도 정말 좋고. 고로도 멋진 녀석이지. 후쿠시마 선생님도 좋은 분이야. 하지만 나는,

이 시대와 내 연구 중 어느 쪽을 고르겠냐고 한다면 역시 일 쪽을 택할 거야. 약 연구는 내가 사는 보람이거든."

가즈오의 말이 가즈코에게는 무미건조하게 느껴졌다. 하지만 그 건조한 말투는 점점 더 가즈코의 마음을 그에게로 끌어당겼다. 가즈코는 진지하게 가즈오에게 부탁했다.

"부탁할게. 내 기억을 지우지 말아줘! 계속 가슴속에 담아두고 싶어. 너에 대한 추억이 전부 없어져 버리는 건, 참을 수가 없어. 그건 싫어!"

가즈코가 호소하는 말에 가즈오도 괴로운 듯 눈썹을 찌푸렸다. 하지만 그는 낮은 목소리로, 더욱 분명하게 말했다.

"그건 안 돼. 이해해줘."

'그래. 그가 날 이해심이 부족한 여자애라고 생각하는 건 싫어.' 가즈코는 입을 다물었다. 그녀는 자신의 볼에 눈물이 흘러내리고 있는 것을 깨닫고, 당황해서 손수건을 꺼내어 닦았다. 흥분해서 이성을 잃고 그에게 부탁한 것이 스스로 너무도 부끄러웠다.

"……그렇지."

가즈코는 그렇게 중얼거렸다. 가슴이 꽉 메었다.

"그럼, 이제 헤어질 시간이야."

가즈오는 천천히 일어나서 그렇게 말했다.

가즈코는 퍼뜩 고개를 들고, 가즈오의 얼굴을 물끄러미 바라보았다. 가즈오도 투명한 눈동자로 가즈코를 바라보았다.

'이제 이 아이의 얼굴을 다시 볼 수 없겠지. 하지만…….'

"벌써 가려고?"

가즈오는 결심한 듯이 고개를 끄덕였다.

가즈코는 일어나서 가즈오에게 다가갔다.

"저기, 하나만 가르쳐줘. 너는 이제 이 시대로는 안 와? 두 번 다시 내 앞에 나타날 순 없어?"

"아마도, 오겠지. 언젠가……."

가즈오는 그렇게 말하면서 옆 책상 위에 있는 그 트랜지스터라디오 같은 장치를 집어 들고 안테나를 도로 넣었다.

"근데, 그게 언제……?"

"언젠지는 알 수 없어. 아마 그 약 연구가 완성됐을 때겠지."

주변의 시간이 다시 흐르기 시작한 것 같았다. 국도 쪽에서 자동차 경적 소리와 상점에서 나는 소음이 아득하게 들려오고 있었다.

"그럼, 또 나를 만나러 와줄 거야?"

점점 희미해져 가는 가즈오의 모습에, 있는 힘을 다해 눈을 고정시키며 가즈코는 물었다. 다시 눈물이 흐르기 시작했다. 배리어가 없어졌기 때문에, 그 라벤더 향기가 피어오르는 약이 하얀 연기가 되어 가즈코를 둘러싸고 있었다.

“꼭, 만나러 올게. 하지만 그때는 더 이상 후카마치 가즈오가 아니라 너한테는 새로운 완전히 다른 사람으로…….”

마치 수면 위 먼 곳에서 들려오는 듯한 가즈오의 목소리. 다시는 들을 수 없는 목소리라고 생각하니 가즈코는 너무나 슬펐다.

가즈코의 의식은 점점 옅어져 갔다. 눈물이 볼을 타고 흐르는 것이 느껴졌다. 그녀는 열심히 고개를 흔들려고 노력했다.

“아니야, 나는 알 수 있을 거야…… 분명히. 그게 너라는 걸…….”

눈앞이 어두워졌다. 천천히 바닥으로 쓰러지며 가즈코는 마지막 힘을 내어 말했다. 가즈코의 귀로 희미하게 멀어지는 가즈오의 목소리가 들려왔다.

“미래에서 기다릴게, 꼭 기다릴게…….”

23

"어이, 가즈코, 집에 가자. 네 가방도 가져왔어!"

고로가 큰 목소리로 외치며 과학실로 들어왔다. 가즈코의 모습을 찾아 실험실을 들여다본 고로는 바닥에 쓰러져 있는 가즈코를 보고 깜짝 놀라 그 자리에 얼어붙었다.

"가즈코!"

고로는 곧장 가즈코의 옆으로 달려가 그녀를 안아 올리려고 했다. 양호실로 데려가려는 것이다. 하지만 가즈코의 몸은 땅딸막한 고로의 팔로는 벅찼다.

"어떡하지……."

고로는 울 것 같은 목소리로 가즈코의 하얀 얼굴을 내려다보며 말했다.

"피곤하기도 했겠지. 그렇게 넓은 교실을 달랑 둘이서 청소를 하게 하다니 말도 안 되지…….”

고로는 일어나서 도움을 요청하러 교무실로 갔다. 다행히 과학 선생님인 후쿠시마 선생님이 아직 돌아가지 않고 남아 있었다.

후쿠시마 선생님과 고로가 가즈코를 양호실로 데려가서 침대에 눕히자, 그녀는 낮은 신음을 내며 눈을 떴다.

“아아…… 저, 어떻게 된 거예요?”

“빈혈을 일으켜서 쓰러져 있었어. 실험실에서…….”

고로의 말에 가즈코는 청소도구를 치우려고 실험실에 들어갔던 것을 생각해냈다. 하지만 그러고 나서는 아무리 해도 기억이 나지 않았다.

“청소당번은 너희 두 명뿐이었니?”

후쿠시마 선생님의 물음에 고로는 조금 뾰로통한 얼굴을 지어 보였다.

“네. 그 넓은 교실을 청소하는 데 달랑 두 사람뿐이었어요. 저랑 가즈코랑……. 그래서 가즈코는 아마 지쳐서 쓰러진 것 같아요.”

“그거, 미안하구나.”

후쿠시마 선생님은 진심으로 미안한 듯 말했다.

“그럼 내일부터는 당번 수를 좀 늘리도록 해야겠구나.”

가즈오가 미래로 돌아간 다음, 이 현대에는 이미 후카마치 가즈오라는 소년은 어느 누구의 마음에도 존재하지 않게 된 것이다. 가즈오에 대한 것은 이제 후쿠시마 선생님도, 고로도, 그리고 가즈코의 마음속에서도 사라지고 없었다. 이 세계에 후카마치 가즈오는 없었다. 가즈코의 반에는 후카마치 가즈오라는 학생의 자리도 없었다. 그리고 물론 아무도 그것을 이상하게 생각하지 않았다.

그리고 나서 3일 후의 밤, 고로의 집 옆에 있는 목욕탕에서는 화재가 일어나지 않았다. 따라서 그 다음 날 아침, 가즈코도 고로도 늦잠을 자지 않고 등교했기 때문에 그 교차로에서 대형 트럭에 치일 뻔하는 일도 없었다.

모든 것은 가즈오가 미래로 돌아갈 때, 가즈코와 고로에게 신경을 써준 덕분이었다. 그러나 물론 그 둘은 그런 것을 알 리 없었다.

가즈오에 관한 것뿐만이 아니라 가즈코의 마음에서는 그 불가사의하고 초현실적인 현상에 대해 고민했었다는 것도, 누구에게 털어놓을까 하고 혼자서 힘들어했던 것도, 말끔히 사라져 있었다.

가즈코에게 평화로운 날이 돌아온 것이다.

*

가즈코는 학교를 다녀오는 길에 언제나 작고 예쁜 서양식 집 앞을 지난다. 그 집에는 선량해 보이는 중년 부부가 살고 있는데, 정원에는 온실이 있고 그 옆을 지날 때면 달콤한 라벤더 꽃향기가 어렴풋이 흘러나와 아주 잠깐 가즈코를 황홀한 기분에 잠기게 한다.

'아, 이 향기. 나는 이 냄새를 어렴풋이 기억해…….' 가즈코는 그렇게 생각한다. '뭐였지? 이 향기를, 나는 알고 있어. 달콤하고 그리운 향기……. 언젠가, 어디선가, 나는 이 냄새를…….'

그 집의 문패에는 '후카마치'라고 적혀 있었다. 그러나 가즈코는 그 글자를 보고 아무것도 기억할 수가 없고, 아무것도 떠오르지가 않았다. 다만, 라벤더 향이 가즈코의 몸을 부드럽게 감쌀 때 그녀는 항상 이렇게 생각한다.

'언젠가, 누군가 멋진 사람이 내 앞에 나타날 것 같은 기분이 들어. 그 사람은 나를 알고 있을 거야. 그리고 나도 그 사람을 알고 있을 거고…….'

어떤 사람일지, 언제 나타날지, 그것은 알 수 없다. 하지만 분명히 만날 수 있을 것이다. 그 멋진 사람과…… 언젠가…… 어디선가…….

악몽

1

마사코는 중학교 2학년이 되어서도 모리모토 분이치와 같은 반이 되었다. 분이치와는 초등학교 때부터 계속 같은 반으로, 둘은 사이가 매우 좋았다. 다른 반이었던 적은 중학교 1학년 때뿐.

그동안 분이치는 갑자기 키가 훌쩍 자라, 키가 작은 마사코와 나란히 서면 마사코의 머리가 그의 어깨까지밖에 닿지 않았다. 그래서 마사코는 분이치와 함께 걷는 게 부끄럽고 싫었다.

그래도 쉬는 시간에 다음 수업의 숙제를 서로 가르쳐주거나 하는 등 두 사람은 변함없이 사이가 좋았다. 같은 반 친구들은 재미 삼아 둘이 사귀는 거 아니냐며 놀렸지만 마사코와 분이치는 신경 쓰지 않았다.

여름도 거의 끝나가고 있었다.

오늘도 마지막 수업이 끝나고 교과서와 노트를 가방에 넣기 시작한 마사코 옆으로 분이치가 다가왔다.

"마사코, 배구 연습 오늘도 해?"

"아니, 오늘은 집에 갈래. 숙제가 이렇게 많으니 지금 배구 연습할 때가 아냐."

"그럼 같이 가자. 근데 배구부 부원들에게 혼나지 않을까?"

"괜찮아. 난 이번 시합에 나가지 않으니까 조금은 게으름피워도 괜찮아. 어차피 키도 작은데, 뭐."

둘은 나란히 교문을 나섰다. 어느새 플라타너스 잎은 샛노래지고, 바람도 싸늘해졌다.

마사코가 말했다.

"있지, 오늘 수학 숙제 가르쳐주지 않을래?"

마사코는 뭔가를 부탁할 때만 여자 특유의 코맹맹이 소리를 낸다.

"응, 좋아."

분이치는 수학을 잘했다.

"그럼, 우리 집에 와."

"싫어!"

그렇게 말하고 마사코는 스스로도 깜짝 놀랐다. 왜일까, 정말 어처구니없게 큰 소리로 싫다고 말했다. 분이치도 깜짝 놀란 듯이 마사코의 얼굴을 바라봤다.

"싫으면 그만이지. 그렇게 큰 소리를 칠 건 없잖아."

분이치는 조금 화난 것 같았다. 마사코는 당황해서 곧바로 사과했다.

"미안해. 내가 왜 이렇게 큰 소리를 냈을까……."

"너 조금 이상하다."

분이치가 작은 목소리로 말했다.

도대체 왜 그렇게 큰 소리를 냈던 걸까. 왜 분이치네 집에 가기 싫다고 생각했을까? 생각해보면, 조금도 싫은 이유가 없지 않은가. 분이치네 엄마는 젊고 미인인 데다, 꽤 오랫동안 못 뵈었고…….

그렇게 생각하며 마사코는 말했다.

"갑자기 가면 너희 어머니께 실례가 되잖아."

"뭐야. 그런 걸 신경 썼던 거야? 전혀 마사코답지 않네."

그렇게 말하고 분이치는 싱긋 웃었다. 이미 기분이 풀린 것 같았다. 이래서 마사코는 분이치가 좋았다.

"그럼, 잠깐 들를게."

"응, 그래."

분이치의 집에 들어서자 분이치네 엄마는 마사코를 보고 좀 놀란 것 같았지만 반갑게 맞아주었다.

"어머, 오랜만이네, 마사코. 초등학교 졸업식 때 보고 처음이지?"

"안녕하셨어요, 아줌마."

마사코는 예의 바르게 인사했다.

"그런데 마사코, 햇볕에 많이 그을러 새까맣구나. 그리고 그때나 지금이나 키도 똑같고."

"아줌마도 참, 아픈 곳을 찌르시네요. 안 그래도 걱정이라고요."

마사코가 뾰로통하게 말하자 분이치의 엄마는 웃으며 대답했다.

"미안, 마사코. 그도 그럴 것이 분이치가 이렇게 커버렸잖니. 그래서 네가 여전히 작은 걸 보니까 왠지 이상해서."

"자, 내 방으로 가자."

옆에 서 있던 분이치가 재촉했다.

"응."

마사코가 분이치를 따라가려고 하는데, 분이치의 엄마가 뒤에서 말을 걸었다.

"마사코, 이번에 또 기절하지 않도록 조심하렴."

"기절이라뇨?"

마사코는 뒤돌아보며 이상하다는 듯이 물었다.

"어머, 벌써 잊었니? 너 초등학교 때 분이치 방에서 뭔가에 놀라서 기절했었잖니."

그랬었다. 마사코는 그제서야 기억해냈다.

분이치의 방에서 뭔가 무서운 것을 보고는, 너무도 놀란 나머지 기절했던 것이다.

초등학교 4학년 때였다. 그 후로 분이치네 집에는 오지 않았다. 분이치네 집에 오는 것이 싫었던 것도 생각해보니 무서운 그 무언가 때문이었던 것 같다.

그런데 그게 도대체 뭐였더라? 마사코는 곰곰이 생각해봤지만 도무지 기억이 나질 않았다.

"모르겠어. 나 뭘 보고 놀랐던 걸까?"

분이치의 엄마가 또 웃었다.

"분명 그때 너무 무서워서, 그 충격으로 잊어버린 걸 거야. 그런 일이 종종 있지."

그러자 마사코는 더욱 이상한 생각이 들어 분이치의 방에 들어갈 수 없게 돼버렸다.

분이치도 히죽히죽 웃고 있었다.

마사코는 물어봤다.

"저기…… 분이치. 그 무서운 게 아직 분이치의 방에 있어?"

"응, 있어. 들어오면 생각날 거야."

"싫어!"

분이치의 대답을 듣자마자 이렇게 외친 마사코는 두려움에 떨며 꼼짝하지 않은 채 고개를 가로저었다.

"기분이 이상해."

분이치는 심술궂게 웃고 있었다.

"그럼 거기서 잠깐 기다려. 먼저 가서 그걸 치우고 있을 테니까."

분이치는 서둘러 자신의 방으로 가버렸다.

마사코는 부엌에서 차를 내오는 분이치네 엄마에게 다시 한 번 물었다.

"아줌마, 그 무서운 게 뭐였어요?"

분이치네 엄마는 조금 고개를 갸웃했다.

"그때는 네가 비명을 지르며 기절하는 통에, 뭣 때문에 그랬는지 기억이 나질 않네. 음…… 뭐였을까? 아무튼 정말 별거 아닌 거였어."

"마사코, 이제 들어와도 돼."

분이치가 방 안에서 마사코를 불렀다.

마사코는 주뼛주뼛 분이치의 방 앞까지 가서 다시 한 번 확인했다.

"정말로 치운 거지?"

"응, 이제 괜찮아."

마사코가 방 안에 한걸음 내디뎠을 때였다.

장지문 뒤에 숨어 있던 분이치가 갑자기 불쑥 얼굴을 내밀었다.

마사코는 놀라서 숨을 삼켰다.

분이치는 반야 가면•을 쓰고 있었다. 어딘가 섬뜩하게 빛나는 움푹 패인 눈, 쩍 벌어진 새카만 입. 그 무서운 형상은 그 자체만으로도 굉장해서 마치 이 세상의 물건이라고는 생각할 수 없을 정도였다.

• 일본 전통극 노(能)의 공연 때 배우들이 쓰는 탈의 일종으로 두 개의 뿔이 달린 귀신 탈.

2

"아아악!"

마사코는 분이치를 밀어젖히고 놀라서 어안이 벙벙해져 있는 분이치의 엄마 앞을 가로질러 신발도 신지 않고 현관으로 뛰쳐나갔다.

마사코는 심장이 몸속에서 튀어나올 만큼 놀랐다. 분이치의 집 앞 도로를 10미터나 뛰어서 도망친 마사코는 겨우 숨을 가라앉히고 길가에 주저앉았다.

심장이 격렬하게 뛰었다. 그래, 예전에도 그 반야 가면을 보고 놀랐던 거였어.

분이치는 정말 못됐다. 장난이 너무 심하다. 내가 무서워하는 걸 알고 일부러 놀린 것이다.

마사코는 무서움보다도 분이치에게 화가 나서 눈물이 나올 정도였다.

"절교야, 절교! 공부 안 가르쳐줘도 좋아. 이제 절대로 같이 안 놀 테니까!"

가빴던 숨이 고르게 되자 마사코는 화가 나서 중얼거렸다.

주변에 지나가는 사람은 없었지만, 검은 개 한 마리가 사거리 우체통 앞에서 멀뚱멀뚱 마사코를 보고 있었다.

마사코는 그대로 집으로 가고 싶었지만, 맨발로 걸어갈 순 없었기에 어쩔 수 없이 다시 분이치네 집으로 돌아갔다.

현관 앞에 도착하자 분이치네 엄마가 분이치를 호되게 야단치고 있는 소리가 들렸다.

"무슨 짓을 한 거니! 마사코는 여자애야! 장난도 정도껏 쳐야지."

"하지만……."

분이치는 당황해서 어쩔 줄 몰라하고 있었다.

"그렇게 놀랄 줄은 몰랐어요. 이제 중학생이고, 그냥 웃어넘길 거라는 생각에……."

"그것보다 빨리 마사코를 찾아와!"

마사코는 분이치가 조금 불쌍하게 느껴졌다.

"괜찮아요, 저 여기 있어요."

분이치와 분이치의 엄마는 헐레벌떡 밖으로 나와 이제 그만해도 되겠다 싶을 만큼 마사코에게 사과했다.

마사코는 그렇게 크게 비명을 질렀던 게 멋쩍어서 잠시 동안은 일부러 부루퉁한 얼굴로 잠자코 있었다.

그러는 동안에 분이치가 다음 일요일에 저금을 모두 털어 뮤지컬을 보여주겠다고 약속해서 마음이 그나마 조금 풀렸다. 그렇지만 갑자기 좋아하는 것도 우스울 것 같아서 역시 한동안은 토라져 있는 것처럼 보이는 게 좋겠다고 생각했다.

그로부터 2, 3일 동안 마사코는 계속 그 반야 가면에 대해 생각했다.

반야 가면은 확실히 무섭다. 그런데 단지 가면이 무섭게 생겼다는 이유만으로 무서워한다기에는 어쩐지 마사코의 감정이 조금 이상했다. 마사코 스스로 생각해도 그랬다.

'어째서 그런 게 무서운 걸까. 뭔가 이유가 있을 텐데. 내가 다른 사람보다 겁이 많은 걸까?'

그러나 생각해보면, 분이치에게도 분명 무서워하는 것이 있었다. 그는 병적일 정도로 거미를 싫어했다. 그렇지만 마사코는 거미를 봐도 아무렇지 않았다.

'사람마다 무서워하는 것은 다른 거야.'

그렇게 생각했지만 역시 뭔가 납득이 되지 않는 꺼림칙함이 남았다.

마사코는 중학교 1학년 미술시간에 반야 가면을 그린 적이 있었다. 처음 봤을 때는 소름이 끼쳤지만, 조금 있으니 괜찮아졌다. 반야 가면이 갑자기 눈앞에 나타났을 때만 놀라고, 계속 보고 있으면 괜찮아지는 걸까?

지금까지 생각해본 적도 없었지만 마사코는 자신이 미술 시간을 싫어하는 이유가 도예실 벽에 걸려 있는 반야 가면 때문이었다는 것을 깨달았다. 그러고 보니 초등학교 때는 그렇게 미술 시간을 좋아했는데, 지금은 좋아하지도 않고 잘하지도 못하는 배구부 소속이다.

'예전부터 뭔가를 쭉 무서워했던 거야. 그리고 그건 반야 가면과 관계가 있는 게 틀림없어.'

마사코는 그렇게 생각했다.

3

겁쟁이로 말하자면 올해 다섯 살이 되는 마사코의 동생 요시오도 대단한 겁쟁이였다. 요시오는 밤에 혼자서 화장실에도 못 간다. 그러다 보니 밤에 오줌 싸는 버릇까지 있다. 화장실에 가는 게 싫어서 그냥 오줌을 싸버리는 것이다. 아빠, 엄마가 아무리 야단을 쳐도 요시오의 그 버릇은 고쳐지지 않았다. 마사코는 늘 부모님에게 야단맞고, 동네 친구들에게 오줌싸개라고 놀림당하는 동생이 불쌍해서, 동생의 오줌싸는 버릇을 어떻게든 고쳐주고 싶다고 전부터 생각해왔다.

분명 요시오에게도 뭔가 무서운 것이 있을 거라고 생각한 마사코는 요시오에게 물었다.

"요시오, 왜 화장실 가는 것이 그렇게 무섭니?"

"그야, 화장실은 방에서 머니까 그렇지."

마사코네 집은 넓어서 화장실로 가는 복도가 꽤 길다.

“그리고 화장실은 깜깜하고 안에 뭔가가 있어.”

“뭔가가 있다니 어떤 거? 도깨비?”

“그런 거 말고.”

“그럼 어떤 건데?”

“어떤 거라니……. 무서운 거지.”

“흠…… 그건 사람이야?”

“응.”

“귀신?”

“귀신은 아닌데…… 여자야.”

“여자가 왜 무서워?”

“머리카락이 부스스하고, 얼굴이 파랗고 무서워.”

“그럼 귀신이잖아.”

“귀신 아니야.”

“어째서 귀신이 아니라고 생각해?”

“왜 그런지 모르겠지만 어쨌든 귀신은 아니야.”

“그 사람은 복도에 있어?”

“아니, 화장실에 있어. 화장실 문을 열면 안에 가위를 들고 서 있어.”

그렇게 말하는 요시오의 얼굴은 정말로 무서워하는 것처럼 보였다.

"그 여자는 왜 가위를 들고 있을까?"

"몰라, 그런 거."

마사코도 왠지 모르게 무서워지기 시작했다.

화장실 안에 머리를 풀어헤치고, 눈이 치켜 올라간 파란 얼굴의 여자가, 가위를 들고 서 있다고 생각하니 공포감에 몸이 얼어붙었다. 요시오가 혼자서 상상했을 리가 없다. 누군가가 요시오가 무서워하라고 말해준 게 틀림없다고 마사코는 생각했다.

"요시오, 그런 무서운 얘기 누구한테 들었어?"

이렇게 묻자 요시오는 고개를 저었다.

"아무한테서도 안 들었어."

"그럼 요시오가 마음대로 생각해낸 거야?"

"생각한 게 아니야! 정말 있다니까!"

요시오는 울 것 같은 얼굴로 외쳤다. 어쩌면 아빠나 엄마가 요시오에게 그런 이야기를 한 것일지도 모른다. 그렇게 생각해서 엄마에게도 물어보고 저녁때 집으로 돌아온 아빠에게도 물어봤지만 두 분 모두 그런 이야기는 하지 않았다고 했다.

아빠는 화를 내며 말했다.

"내가 그런 엉터리 같은 이야기를 했을 것 같아!"

그날 밤, 마사코는 자다가 일어나서 옆에서 자고 있던 요시오를 흔들어 깨웠다.

"자, 화장실에 가야 해, 요시오. 또 오줌 싸면 안 되잖아……. 누나가 같이 가줄 테니까."

마사코는 요시오의 공포증을 고치기 위해 화장실에 아무도 없다는 걸 요시오에게 알려주려 했다.

그러나 요시오는 금방 울음을 터뜨릴 것 같았다.

"무서워, 누나……."

"안 무섭다니까. 그런 여자가 있을 리 없어."

"있어, 무서워."

"그럼 어떡할래? 안 가면 또 오줌 쌀 거야. 자, 가자."

둘은 일어나서 어두운 복도를 걷기 시작했다. 마사코의 손을 잡고 가는 요시오는 몸을 덜덜 떨었다.

"요시오는 정말 겁쟁이네. 떨고 있잖아."

그렇게 말하면서 마사코는 웃었지만 사실은 자신도 조금 무서웠다. 만약 누군가가 있고, 게다가 그 누군가가 반야 가면이라도 쓰고 있다면 마사코는 비명을 지르거나 기겁을 하며 놀랄 것이 분명했다.

요시오는 땀에 젖은 손으로 마사코의 손을 꽉 붙잡고 여전히 부들부들 떨고 있었다.

둘의 그림자가 엷은 전등빛에 반사되어 회색 벽에 어렴풋하게 비쳤다. 복도에서 삐걱삐걱하는 기분 나쁜 소리가 났다. 둘은 화장실 앞까지 왔다. 그러나 요시오는 뒷걸음질을 쳤다.

"무서워……, 나 무서워……."

"괜찮아."

그렇게 말하는 마사코의 목소리도 조금 떨리고 있었다. 마사코는 요시오의 손을 꼬옥 잡으며 화장실 문을 천천히 열었다.

"봐, 아무도 없잖아."

마사코는 아무도 없다는 것에 안심해서 자기도 모르게 큰 소리로 말했다. 그러나 요시오는 그 자리에 그대로 얼어붙은 채 고개를 휘휘 저었다.

"아니야, 오늘은 누나랑 같이 있잖아. 누나랑 같이 있으니까 없는 거야. 나 혼자 오면 꼭 있어."

"설마."

마사코는 난처해졌다. 이 마음 약한 동생에게 그런 여자는 없다는 걸 납득시킬 방법이 없을까.

그런데 생각해보면 마사코 자신도 왜 반야 가면을 무서워하는 건지 딱히 이해하지 못한 채 여전히 무서워하고 있지 않은가. 무서운 이유를 확실히 알게 되면 자신도 요시오도 겁쟁이에서 벗어날 수 있을지 모르겠다고, 마사코는 그렇게 생각했다.

다음 일요일, 약속한 대로 분이치와 뮤지컬을 보고 돌아오는 길에 마사코는 동생 일을 분이치에게 말했다.

"뭐야, 남매가 둘 다 겁쟁이네."

분이치는 웃으며 그렇게 말하더니 갑자기 진지한 표정을 지었다.

"그래도 네 생각이 틀리지 않은 것 같아. 우리 작은아버지가 심리학자인데 무서운 게 왜 무서운지를 알게 되는 순간, 그것을 무서워하지 않게 된다고 예전에 말씀하신 적이 있어. 원인을 알게 되면 요시오의 공포증도, 오줌 싸는 버릇도 없어지지 않을까?"

마사코는 분이치의 말에 힘을 얻어 어떻게 해서든 요시오와 자신의 공포증을 고쳐야겠다고 생각했다.

요시오는 겁쟁이인 데다가 울보다. 그래서 요시오에게는 남자 친구가 한 명도 없다. 근처의 요시오와 같은 또래의 아이들은 모두 여자아이들뿐이고, 남자아이들은 울보에 몸도 약한 요시오를 자기들 패거리에 끼워주지 않았다. 요시오는 항상 맞은편 집 아츠, 두 집 건너의 히사 등 여자아이들하고만 소꿉놀이 같은 걸 하며 놀았다. 지기 싫어하는 성격인 엄마는 그런 요시오를 늘 답답해했다.

그날도 요시오는 누군가에게 괴롭힘을 당한 듯, 울면서 집으로 돌아왔다. 엄마는 거실에서 취미인 수공예를 하고 있었고, 마사코는 책을 읽고 있었다. 엄마가 고개를 들고 물었다.

"또 누가 괴롭혔어?"

요시오는 흐느껴 울면서 대답했다.

"히로가 내가 히사랑 아츠랑 놀고 있으니까, 계집애 같다고 놀리잖아."

히로는 초등학교 1학년으로 쉽게 말하면 이 동네 아이들 중에 대장이다. 엄마는 하루 이틀 있는 일도 아니라, 이제 요시오를 위로할 힘도 없어 보였다.

"바보같이 그런 말을 들었는데 대꾸도 못하고 울면서 집으로 돌아오니?"

요시오는 눈을 비비고 있던 손을 내렸다.

"말했어! 나는 계집애가 아니라고."

"그랬더니?"

"그랬더니 히로가 내 책을 차버렸어!"

요시오는 꽤나 분했던지 다시 엉엉 울기 시작했다.

"뭐라고!"

마사코는 벌떡 일어섰다.

"나 히로한테 갔다 올게."

그때 엄마가 단호한 목소리로 마사코를 말렸다.

"그만둬, 마사코!"

4

"사내애가 도대체 왜 그러니?"

엄마가 몹시 화가 난 말투로 요시오를 야단쳤다.

"도대체가 만날 여자애들이랑만 노니까 다들 놀리는 거야. 남자애면 좀 더 활발하게 남자애들끼리 놀면 좀 좋아?"

엄마는 한 번 말을 시작하면 끝이 없는 성격이다. 요시오는 아직도 훌쩍이며 울고 있다.

"싸울 용기도 없으면 남자라고 할 수 없어. 계속 여자애들이랑 놀면 고추를 잘라버릴 거야!"

"앗!" 하고 마사코가 무심코 움츠러들며 작게 외치자 엄마는 이상하다는 듯이 물었다.

"왜 그래?"

무심코 흘려들은 엄마의 평소 말버릇에서 마사코는 겨우

요시오의 공포증의 원인을 깨달았다.

마사코는 큰 소리로 엄마에게 말했다.

"그거야, 엄마! 그 말버릇이 요시오가 오줌을 싸는 원인이라고요!"

"뭐라고?"

엄마는 영문도 모른 채 눈을 크게 뜨고 요시오와 마사코의 얼굴을 번갈아가며 바라보고 있었다.

"화장실에서 가위를 들고 서 있는 무서운 여자는 바로 엄마였어! 왜 가위를 들고 있냐면, 그건…… 그 가위는……."

엄마는 그제서야 알아들은 듯 천천히 말했다.

"그러니까, 다시 말해서 그건 요시오의 고추를 자르기 위한 가위라는 거네."

어느샌가 울음을 그친 요시오는 멍하니 엄마의 얼굴을 쳐다봤다. 마사코와 엄마는 그런 요시오를 보고 웃음을 터뜨렸다.

마사코가 요시오의 어깨를 잡고 상냥하게 말했다.

"알겠지, 요시오? 그 여자는 엄마가 야단치는 말을 듣고 요시오가 마음대로 상상한 거야. 그런 사람은 없어. 그러니까 전혀 무서운 게 아냐."

아는 건지 모르는 건지 요시오는 누나의 얼굴을 보며 "흐응"이라고 답할 뿐이었다.

엄마는 아무 말도 하진 않았지만 자신이 한 매정한 한마디가 어린 아들에게 공포심을 주었다는 것을 알고 뉘우치고 있는 것 같았다.

뭔지 잘은 모르겠지만, 요시오는 화장실에 있는 무서운 여자가 자기가 상상해낸 것이라는 사실을 깨달은 듯했다.

그리고 그 이후엔 한밤중에도 혼자 일어나서 화장실에 가고, 오줌도 거의 싸지 않게 되었다.

"자, 다음엔 내 차례야."

요시오의 공포증을 고친 것에 기분이 좋아진 마사코는 이번엔 자신의 공포증을 정복하겠다고 다짐했다.

5

생각해보면 마사코에게는 반야 가면 말고도 무서운 것이 몇 개가 더 있었다. 그중 하나가, 높은 곳이었다.

높은 곳은 누구나 무서워할지 모르지만 마사코의 경우는 그 정도가 조금 심했다.

옥상에서 난간 너머로 아래를 내려다보지 못한다. 무서움을 꾹 참고 아득히 먼 아래의 지면을 내려다보고 있노라면 왠지 자신도 모르는 사이에 난간 너머로 뛰어내리는 건 아닐까, 혹은 갑자기 죽고 싶어져서 그대로 뛰어내리는 건 아닐까 하는 공포가 가슴속에 가득 퍼져서 왁! 하고 소리치고 싶을 정도로 무서워진다.

그럴 때는 난간에 닿는 것조차 무서웠다.

난간에 기대면, 기댄 부분만 썩어 있어서 기대자마자 푸스스 부서져 땅바닥을 향해 곤두박질치는 건 아닐까 하는 생각이 들어 너무도 무서워 난간 근처에는 가지도 못할 정도였다.

'언제까지 어린애처럼 무서워만 하고 있을 순 없어. 이참에 확실히 극복해야 해.'

마사코는 그렇게 생각했다.

"좋아, 그렇다면 한 번 눈 딱 감고, 난간도 없고 눈이 핑핑 돌 정도로 높은 곳에 올라가 보는 거야."

하지만 혼자 그런 곳에 올라가서 정말로 눈앞이 캄캄해져 떨어져버리면 큰일이므로 마사코는 분이치에게 같이 가달라고 할 생각이었다.

어느 날 방과 후, 마사코는 분이치에게 그 얘기를 꺼냈다. 분이치는 좀 놀란 것 같았지만 이야기를 끝까지 듣더니 키득키득 웃었다.

"마사코는 무서운 게 잔뜩 있네."

"무서운 건 무서운 거니까 어쩔 수 없어. 그래서 무서워하지 않으려고 노력하는 거잖아. 그런데 자꾸 그런 소리 하면 거미를 잡아와서 목 뒤로 집어넣을 거야."

분이치는 거미라는 말을 듣자마자 창백하게 질려 허둥댔다.

"앗, 그것만은 안 돼. 거미만은……. 으아악, 생각만 해도 기분이 나빠진다."

"그것 봐, 분이치도 무서운 게 있잖아. 그럼 나랑 같이 높은 곳에 올라가 줄래?"

"응, 갈게, 갈게. 갈 테니까 그 거미를 어떻게 한다는 둥 그런 말만 하지 마."

"좋아, 용서해줄게."

"근데, 그 난간도 아무것도 없는 높은 곳이란 게 도대체 어디냐?"

마사코에게는 이미 점찍어놓은 곳이 있었다.

"어디냐고? 시계탑이지."

"뭐? 그렇게 위험한 데를 가겠다고?"

분이치는 놀라서 눈을 크게 떴다.

시계탑은 마사코와 분이치네 학교의 옥상에 있는 탑이다. 보통 건물의 3층 높이 정도 되는 탑으로, 시계 바늘은 이미 몇 년 전부터 9시 15분을 가리킨 채 멈춰 있었다.

"거기는 위험해서 올라가지 못하게 되어 있잖아."

분이치는 걱정되는 것 같았다.

그 탑은, 시계 뒤쪽에 있는 기계실까지 올라가는 계단이 비좁을뿐더러 난간도 없고, 게다가 일부러 벽을 세우지 않아 계단이 휑하니 드러나 있었다. 벽은 건축 디자인상 생략한 것 같았고, 계단을 오르면서 보이는 전망은 매우 좋았지만, 그 대신 이보다 더 위험할 수는 없었다.

"정말 저기 올라갈 거야?"

분이치는 복잡한 심정으로 말했다.

"응, 분이치는 무서워?"

"무섭긴 뭐가 무서워! ……그런데 누구한테 들키기라도 했다간 곤란한데."

"괜찮아."

마사코는 분이치를 설득하느라 애가 탔다.

"올라가면 안 된다는 건 남자애들이 올라가서 장난치면 위험하니까 만들어진 규칙이잖아? 우리는 그냥 올라갔다 내려올 뿐이라고."

"그래도 규칙은 규칙이잖아."

"규칙은 깨라고 있는 거야."

더는 참을 수 없어진 마사코는 말도 안 되는 핑계를 대며 자기합리화를 했다.

6

옥상에 올라가자 세차게 불어오는 싸늘한 가을바람이 두 사람을 덮쳤다.

분이치와 마사코는 나란히 서서, 까마득히 높은 시계탑을 올려다보았다.

"저 위까지 올라갈 수 있을까?"

"당연하지."

자신있게 말은 했지만 옥상에 올라온 것만으로도 마사코의 다리는 후들후들 떨리고 있었다.

떨리는 걸 분이치에게 들키지 않기 위해 마사코는 일부러 태연한 척하며 먼저 탑 안으로 들어갔다.

"어이, 기다려. 위험해, 같이 올라가자!"

"먼저 올라갈 테니 뒤에서 따라와."

계단에는 먼지가 수북하게 쌓여 있었다. 마사코는 마음을 다잡고 먼지 쌓인 계단을 오르기 시작했다.

올라가면서 벽이 없는 쪽으로 밖을 내다보니 멀리 떨어진 야트막한 푸른 언덕과, 단풍 든 나무들이 서 있는 모습이 맑은 가을하늘 아래 선명하게 보였다.

하얀 국도가 동네 안을 향해 정면으로 들어와 있었다. 그 도로는 교회 건물과 소방서, 그리고 소방서의 망루 앞을 지나 학교 건물 바로 옆까지 계속 이어져 있었다.

"앗!"

무심코 아래를 내려다본 마사코는 한순간 눈앞이 어찔해져 저도 모르게 계단에 주저앉아버렸다.

"아래를 보면 안 돼, 마사코!"

분이치가 당황해서 마사코의 어깨를 잡았다. 마사코는 자신이 한심하다고 생각하면서도 도저히 일어날 수가 없었다.

"어떡할래? 그만 내려갈까?"

그렇지만 모처럼 여기까지 올라왔는데 지금 와서 되돌아가는 것은 너무 억울했다. 기계실은 앞으로 한 층 위였다.

마사코는 입술을 깨물며 고개를 가로저었다.

"아니야, 올라갈래."

"서 있지도 못하면서 올라가겠다고?"

"부탁이야. 손 좀 잡아줘."

분이치는 할 수 없이 마사코의 손을 잡고 일으켜 세웠다. 둘은 또다시 계단을 천천히 올라가기 시작했다.

계단 중간 중간 몇 군데 있는 층계참에만, 바깥쪽으로 약간 튀어나온 부분과 40센티미터 정도 높이의 콘크리트 난간이 있었다.

기계실까지 약 스무 계단 정도 남아 있는 마지막 층계참에 도착했을 때였다.

"으아악!"

앞서 올라가고 있던 분이치가 느닷없이 비명을 지르며 마사코의 손을 놓고 양팔을 크게 휘젓기 시작했다.

"거, 거미줄이닷!"

층계참 구석부터 빙 둘러쳐진 거미줄이 분이치의 머리, 얼굴, 손 할 것 없이 들러붙어 있었다.

거미를 죽도록 싫어하는 분이치는 얼굴이 하얗게 질려서 정신나간 사람처럼 팔을 홰홰 젓고 있었다. 털투성이에 크고 노란색 눈을 번득이고 있는 거대한 거미가, 당장에라도 분이치를 향해 덤벼들 것만 같았다.

"위험해!"

마사코도 깜짝 놀라 큰 소리로 외쳤다.

그때, 거미줄에 신경쓰느라 발밑을 주의해서 살피지 못한 분이치가 콘크리트 난간에 발이 걸려 비틀거렸다.

"으악!"

순간, 분이치의 몸이 붕 뜨면서 칸막이 밖으로 쓰러졌고 그 바람에 그의 몸은 계단 밖으로 떨어져 버렸다. 그러나 다행히도 떨어지기 전에 양손으로 난간 끄트머리를 꽉 붙잡았다.

"살려줘!"

분이치는 양손으로만 아슬아슬하게 시계탑에 매달려 있는 꼴이 되었다.

마사코는 그 순간, 무서움도 잊고 난간 너머로 손을 뻗었다.

"꽉 잡아! 분이치! 힘내! 손 놓으면 안 돼!"

마사코는 울음이 터질 것 같은 목소리로 계속 소리치며 내민 손으로 분이치의 양팔을 붙잡고 죽을 힘을 다해 끌어올리려 했다. 마사코의 몸은 난간 너머로 거의 튀어나와 있었다. 만약 분이치의 손이 그가 붙잡은 난간에서 떨어진다면 마사코도 함께 몇 층 아래 바닥으로 떨어져 버릴 것이다.

'분이치가 떨어지면 큰일이야! 내가 죽인 셈이 돼버리잖아! 분이치를 여기에 데리고 온 건 나야. 분이치가 죽으면 나도 죽어버릴 거야!'

훗날 이때 일을 생각하면 마사코는 자기가 어떻게 그런 큰 힘을 낼 수 있었는지 신기하기만 했다. 게다가 분이치도 평소에 기계체조로 팔이 단련되어 있어서 천만다행이었다.

드디어 분이치는 한쪽 다리를 층계참에 걸쳤고 마사코는

분이치의 바지 벨트를 단단히 붙잡고 겨우겨우 그를 끌어올렸다.

둘은 잠시 동안 좁은 층계참에 앉아 서로의 얼굴을 마주한 채 두근거리는 가슴으로 숨을 몰아쉬었다.

둘 다 오랫동안 아무 말도 할 수 없었다. 아래를 내려다보니 너무 무서워 새삼 소름이 끼쳤다.

'이상해. 예전에도 이런 일이 있었던 것 같아.'

마사코는 그때 불현듯 그런 생각이 들었다.

7

“그때 이후로 높은 데가 전혀 무섭지 않아졌어.”

2, 3일 후에 마사코가 분이치에게 이렇게 말했을 때 분이치는 고개를 끄덕이며 대답했다.

“전에 말했던 심리학자인 작은아버지가 이런 말씀을 하셨어. 무섭다고 느끼는 것은 ‘죄의식’이 있어서래. 너의 죄의식은 나를 살려냈다는 굉장한 사건으로 인해 없어져 버린 게 아닐까?”

“죄의식이라니?”

마사코는 의아했다.

‘그러면 나는 아직 철도 들기 전인 어린 시절에 뭔가 나쁜 짓이라도 했다는 걸까? 꼭 나쁜 짓이 아니라고 해도 어렸을 때의 죄의식이 지금까지 계속 남아 있을 만큼 뭔가 무서운 사

건이 일어났던 걸까?'

기억나지 않는 사건.

아주 먼 옛날의 마음속 비밀.

'그리고 그것은 반야 가면, 그리고 높은 곳과 관계가 있어. 높은 곳은 어디였을까? 어렸을 때 도대체 나에게 무슨 일이 일어났었던 거지?'

아무리 생각해내려 해도 생각나지 않았다. 단지 그 시계탑 위에서 분이치가 떨어질 뻔했을 때, 이런 일을 전에도 겪은 적이 있다고 느꼈던 그 설명할 수 없는 감정이 자꾸 떠올라 마음을 어지럽혔다.

며칠이 지나고 몇 주가 흘렀다.

가을 축제가 끝나고 사흘 후인, 맑게 갠 일요일. 마사코와 분이치는 마을을 가로질러 흐르는 강둑을 산책하고 있었다. 그렇게 예쁘게 피어 있던 수선화와 톱풀 꽃은 이제 보이지 않았다.

높은 둑에서 자갈밭으로 내려와 한동안 강에 돌을 던지며 놀던 두 사람은 다시 강둑을 따라 걸었다.

교외로 나가는 긴 다리 옆에서 분이치는 걸음을 멈추고 마사코에게 말했다.

"마사코, 아직 시간도 이르고 한데 이 다리를 건너 교외로 나가볼까?"

"그럴까?"

그렇게 말하고 마사코는 양쪽에 낮은 난간이 있는 긴 다리 너머 저쪽 기슭을 바라봤다. 바라보는 사이에 마사코의 기분은 또 이상해졌다.

"……역시 돌아갈래."

"왜?"

무언가 설명할 수 없는 커다란 불안이 마사코의 마음에 퍼져나가기 시작했다.

"왜냐하면……."

"급한 일이라도 있어?"

"아니, 없어."

"그럼 가자."

그렇게 말한 분이치는 뭔가 걱정이 있는 듯한 마사코의 표정을 눈치 채고, 놀림조로 물었다.

"설마 이 다리를 건너는 게 무섭다는 말을 하려는 건 아니겠지?"

그 말이 맞았다.

마사코는 길고 하얀 다리와, 다리 위에 몇 미터 간격으로 서 있는 전신주, 그리고 낮은 나무 난간을 바라보고 있는 사이에 말로 표현할 수 없는 공포에 사로잡히기 시작했다.

'옛날에도 이런 적이 있었다'고 느끼는 기분과 '뭔가 무서운 일이 일어날 것 같다'는 기분이 서로 뒤엉켜 마사코를 두려움으로 꼼짝 못하게 했다.

"건너기 싫어."

"이상하네."

분이치는 그렇게 말하고 다리 위를 조금 걸어가 난간을 붙잡고 다리 밑 아래에 있는 자갈밭을 내려다보았다.

"이 다리가 조금 높긴 하지만……."

그는 마사코 쪽을 뒤돌아보고 말했다.

"그런데 넌 이미 높은 곳을 무서워하지 않게 됐잖아?"

"모르겠어. 이 다리가 싫어!"

"정말 이상하다, 마사코."

분이치는 다시 한 번 다리 위를 바라봤다.

주변에 사람은 보이지 않았다. 가끔 개구리 우는 소리만 희미하게 들려올 뿐이었다.

"알았다!"

갑자기 분이치가 입을 열었다.

"네가 싫어하는 건 높은 곳이 아니었어. 너는 원래 높은 곳에 있는 난간이나 손잡이 같은 게 무서웠던 거야. 그 시계탑에 올라갔던 것도, 난간이 없었으니까 오히려 아무렇지 않았던 거지. 너도 그렇게 생각하지 않아?"

"그런가?"

그런 것 같기도 했다. 만약 그 시계탑에 난간이 있었다면 무서워서 못 올라갔을지도 모른다.

"그런데 나는 왜 난간을 무서워하는 거지?"

"그거야 나도 모르지. 하지만 이상한 걸 무서워하는 사람은 얼마든지 있으니까."

분이치가 자신을 바보 취급하는 것 같아 마사코는 뾰로통해졌다.

"무서운 걸 어떻게 해. 저 전신주 그늘에서 뭔가가 튀어나올 것 같단 말이야."

분이치는 키득거리며 말했다.

"누가 반야 가면이라도 쓰고 있는 거 아냐?"

"그만해!"

마사코가 빽 하고 외쳤다. 분이치는 흠칫 놀란 듯했다.

"왜 그래?"

"무서워! 왠지는 모르겠지만 무섭다고!"

마사코는 양손으로 얼굴을 감싸고 그 자리에 웅크리고 앉았다.

갑자기 아주 예전 일이 떠오를 것 같은 기분이 들었다. 그러나 떠올리는 게 무서웠다. 마사코의 마음속에는 어린 시절 비밀을 떠올리려고 하는 마음과, 떠올리지 않으려고 하는 두 마음이 서로 갈등하며 싸우고 있었다.

"기분이 안 좋아?"

분이치가 걱정스러운 듯 상냥하게 물었다. 마사코는 얼굴을 감싼 채 고개를 끄덕였다.

"그럼 돌아가자. 내가 괜한 말을 한 것 같네. 미안해."

8

무언가 기억날 것 같으면서, 기억났을 때의 괴로움을 생각하니, 좀처럼 진실에 다가갈 수 없는 애타는 날들이 흘렀다.

그때쯤 요시오의 오줌 싸는 버릇이 다시 시작됐다.

"이번에는 또 뭐지? 이제 가위를 든 여자는 화장실에 없잖아?"

"응……."

마사코가 물어도 요시오는 똑부러지게 대답하지 못하고 언제나 말끝을 흐리고 입을 다물어버린다.

어느 날, 밤중에 우연히 눈이 떠졌길래 마사코는 요시오를 깨웠다.

"자, 요시오. 화장실에 다녀와야지."

"으으응."

요시오는 뒤척이면서 입 속으로 뭐라고 중얼거렸다.

"자, 빨리. 또 오줌 싸면 안 돼."

"아직 가고 싶지 않아."

"안 돼, 지금 갔다 와야지. 아, 알았다. 무서운 거지? 또 요시오의 무서워하는 버릇이 시작된 거네? 그치?"

"아니야."

"그럼 갔다 와, 얼른."

요시오는 눈을 비비며 일어나 느릿느릿 방에서 나갔다.

마사코는 안심하고 한 번 몸을 뒤척이고는 다시 꾸벅꾸벅 졸기 시작했다.

그때였다.

요시오가 얼굴이 파랗게 질려서 넘어질 것처럼 방으로 뛰어들어 오더니 이불 위에 털썩 주저앉아 으앙! 하고 울음을 터뜨렸다.

"왜 그래, 요시오?"

깜짝 놀란 마사코가 묻자 요시오는 엉엉 울면서 대답했다.

"복도 모퉁이 깜깜한 데에 남자 머리가 있어."

"뭐라고!"

마사코는 너무나 놀라 벌떡 일어나 이불 위에 앉았다.

"그런 게 어딨어! 꿈에서 본 거 아니야?"

"아니야, 있어! 피투성이 머리가 굴러다닌단 말이야!"

요시오는 무서운 나머지 벌벌 떨면서 마사코에게 달라붙었다. 마사코도 무서워서 몸을 떨며 이빨을 딱딱 부딪쳤다.

9

"그럴 리가, 그런 말도 안 되는 일이 어디 있어!"

마사코는 자신의 두려움을 떨쳐버리려는 듯 세차게 고개를 흔들었다.

"복도에 남자 머리가 떨어져 있다니 말도 안 돼……."

그러나 요시오가 무서움에 부들부들 떨고 있는 것을 보면 입에서 나오는 대로 아무렇게나 말하고 있는 것 같지는 않았다.

저번처럼 요시오랑 화장실에 같이 갔다올까 하는 생각도 했지만 이번에는 마사코도 무서워서 꼼짝할 수 없었다. 만약 정말로 피투성이 머리가 복도 구석에 굴러다니고 있으면 어떡하지?

마사코는 옆방에서 자고 있는 아빠와 엄마를 깨워서 함께 갔다 올까 하고 생각했다. 하지만 그렇게 하면 요시오가 마사코마저도 무서워하고 있다는 걸 알게 된다.

'그래, 요시오의 공포증을 고쳐주려면 나만큼은 정신 차리고 있어야 해.'

마사코는 그렇게 결심했다.

"그런 게 있을 리가 없잖아."

마사코는 벌떡 일어났다. 요시오는 놀라서 눈을 동그랗게 뜨고 마사코를 올려다보았다.

"가, 가, 가는 거야? 화장실에?"

"응, 그래. 갈 거야."

마사코는 요시오의 손목을 붙잡고 일으키려고 했다. 그러나 요시오는 일어나려 하지 않았다. 아니, 일어나지 않는 게 아니라 다리에 힘이 빠져 일어날 수가 없는 것이다.

"어머."

그런 요시오의 모습에 마사코는 무심코 웃음이 터져 나왔다. 어쩌면 이렇게도 겁이 많을까. 이러고도 남자애일까.

일단 한 번 웃어버리니까 무서움이 사라져 마사코는 동생을 달래며 복도로 나가 걷기 시작했다.

복도 모퉁이에는 전등도 없고 어두컴컴해서 정말로 뭔가 있을 것 같은 느낌이 들었다. 그러나 마사코는 밤에 화장실에 갈 때 여기가 무섭다고 생각한 적이 지금까지 한 번도 없었다.

"무섭다고 생각하니까 뭐든지 무섭게 보이는 거라고."

동생에게 그렇게 말하며 마사코는 조심조심 모퉁이에서 얼굴을 내밀어 화장실까지 이어진 복도를 내다봤다.

"봐, 요시오. 아무것도 없지?"

요시오는 마사코에게 매달려서 복도를 살펴보며 눈을 깜박였다.

"이상하다. 아까는 저기에 정말로 있었는데……."

어째서 남자 머리 같은 끔찍한 걸 생각해낸 걸까? 그러나 지난번의 경험으로 미루어 보아 동생에게 물어봤자 모를 거라는 걸 마사코는 알고 있다. 요시오 자신도 모르는 것이다.

'인간의 마음이란 어쩜 이리 복잡할까. 정말 이상하고도 재미있어…….'

마사코는 곰곰이 그렇게 생각했다.

다음 날 아침, 마사코는 평소처럼 출근하는 아빠와 함께 집을 나섰다. 학교 가는 길에 전철역이 있어서 매일 아침 아빠와 그 역까지 걸어가며 이야기를 한다.

마사코는 엄마보다 아빠와 사이가 더 좋았다.

걸으면서 마사코는 아빠에게 어젯밤의 이야기를 했다. 그리고 요시오의 공포증을 고친 이런저런 이야기를 했지만, 기술자인 아빠는 그런 종류의 일은 젬병이라 역시 어떻게 하면 좋을지 잘 모르는 것 같았다.

역 앞에서 아빠와 헤어져 횡단보도를 건너다가 문득 플랫폼을 바라본 마사코는 "어?" 하며 멈춰서서 고개를 갸웃했다.

아빠가 항상 회사에 출근할 때와는 다른 쪽 플랫폼에 서 있는 것이었다. 무언가 골똘히 생각하면서 걷다가 반대편으로 가신 걸까? 마사코는 그렇게도 생각했지만 그런 것 같지는 않았다.

'도대체 무슨 일이지? 회사에 가기 전에 어딘가에 들르실 건가?'

그럴 거라면 아침잠이 없는 아빠는 더더욱 일찍 집을 나섰어야 했다. 아무튼 아빠답지 않은 일이었다.

마사코는 봐서는 안 될 것을 본 것처럼 묘한 기분에 빠졌다. 아빠가 이쪽을 돌아볼 것 같은 기척에 그녀는 황급히 고개를 돌리고 횡단보도를 건넜다.

'왜 곧장 회사로 가시지 않는 거지? 아빠가 나한테 뭔가 숨기고 계신 건가?'

마사코는 아빠 때문에 신경이 쓰여 그날 하루 종일 수업에 집중할 수 없었다. 생각에 깊이 잠겨 기운이 없어 보이는 마사코를 걱정한 분이치가 물었다.

"마사코, 무슨 일 있어? 안색이 안 좋은데."

"아니, 아무것도 아니야."

대답은 그렇게 했지만 마사코는 역시 평소처럼 행동할 수 없었다.

10

그날 집에 돌아오자마자 마사코는 아침에 있었던 일을 엄마에게 이야기했다.

엄마에게 이야기를 할까 말까 학교에서 계속 고민한 끝에, 결국 말하기로 했던 것이다.

별일 아니었으면 좋겠다. 그러나 마사코는 아빠의 그 모습을 어떻게 생각해도 납득할 수가 없었다.

마사코의 얘기를 듣고도 엄마는 별로 놀라지 않았다.

"그래."

엄마는 약간 눈썹을 찌푸리고는 조용히 마사코에게 말했다.

"네가 신경 쓸까 봐 지금까지 말하지 않았는데……."

"앗, 역시 뭔가 있는 거예요?"

"그렇게 놀랄 것까지는 없고, 아빠, 회사를 그만두셨어."

"뭐라고요? 왜요?"

"회사에 일거리가 없어서 일하는 사람을 줄이기로 했대."

"아니! 그럼 그만둔 게 아니라 해고당한 거잖아요."

"맞아……. 그래도 걱정할 것 없어. 다른 사람과는 다르게 아빤 기술자시잖아. 그러니까 일은 얼마든지 있어. 게다가 다른 회사에서 아빠에게 와주지 않겠느냐고 계속 연락이 오고 있단다."

"뭐야. 그랬구나."

그런 일이라면 나한테도 빨리 말해주면 좋았을 텐데……. 그렇게 생각한 마사코는 조금 불만스러웠다.

그러고 보니 얼마 전부터 회사 사정이 좋지 않다고 옆방에서 아빠와 엄마가 걱정스럽게 말하는 걸 잠결에 침대 안에서 얼핏 들은 적이 있었다.

나도 이제 다 컸으니까 그런 중요한 일은 이야기해줘도 되는데……. 마사코는 언제까지나 자신을 어린애 취급하는 아빠에게 조금 화가 났다.

그에 대한 복수로 마사코는 다음 날 역에 가는 도중에 아빠를 놀라게 하려고 했다.

"아빠, 다음 일은 이제 정하셨어요?"

순진한 얼굴로 마사코가 갑자기 이렇게 묻자 예상대로 아빠는 화들짝 놀라 눈을 크게 뜨고 마사코의 얼굴을 바라봤다.

"너, 알고 있었니?"

아빠는 껄껄 웃으셨다.

"그래, 들켰구나. 그저껜가 그끄저껜가 술을 먹고 와서 모가지 잘렸다고 큰 소리로 말했으니, 자다가 깨서 들은 거지?"

"아니에요……."

마사코는 그 순간 요시오가 본 환상의 원인이 무엇인지를 퍼뜩 깨달았다.

"모가지라고요?"

아빠는 의하하다는 듯 마사코를 살펴보며 말했다.

"왜 그러니? 그렇게 큰 소리로."

"알았다! 요시오가 본 남자 머리가 뭔지!"

잠결에 들었던 아빠가 모가지가 잘렸다는 말이 요시오의 약한 마음을 자극했던 것이다. 아빠의 말에서 요시오는 자신도 알지 못하는 새 끔찍한 피투성이 남자의 머리 이미지를 마음속에서 만들어버린 것이다.

알고 보니 정말 한심할 정도로 별것 아닌 일이었다. 아직 멍한 얼굴로 마사코를 바라보고 있는 아빠에게 그녀는 킥킥거리며 모든 것을 얘기했다.

"그런데 이번엔 좀 어렵겠네요. 왜냐하면 요시오한테 아빠가 해고되었다는 걸 설명하고 나서 아무것도 아니었다는 걸 이해시켜야 하잖아요."

아빠는 크고 따뜻한 손으로 마사코의 어깨를 감싸 안고 자못 감탄한 것처럼 고개를 끄덕이면서 말했다.

"놀랍다, 마사코. 너는 타고난 심리학자야."

11

길고 긴 다리—.

낮은 나무 난간은, 낡아서 군데군데 썩어 있었는데 한쪽에 10미터 정도 간격으로 삼나무 전신주가 일렬로 서 있었다.

마사코는 덜덜 떨면서 다리 한가운데를 천천히 걸어가고 있었다. 말도 못하게 무서웠지만, 다리를 건너지 못하면 강 건너 가게에서 물건을 사오라는 엄마의 심부름을 못하게 된다.

처음에는 눈을 감고 걷고 싶었다. 그러나 눈을 감으면 썩은 난간에 부딪쳐 금방이라도 강물에 거꾸로 떨어져 버릴 것 같았다. 마사코는 될 수 있는 대로 하얀 눈이 덮인 먼 산을 보면서 천천히 걸으려 했다.

당장에라도 비가 올 것처럼 어두컴컴하게 구름 낀 하늘을 올려다보니 전신주들이 일제히 머리 위로 무너져 내릴 것만 같은 기분에 마사코는 살아 있는 것 같지 않았다.

'왜 이렇게 무서운 거지? 도대체 뭐가 무서운 거냐고?'

아무리 생각해봐도 모르겠다. 그때, 갑자기 가까운 전신주의 그림자에서 뭔가가 움직이고 있는 것 같은 느낌이 들었다. 마사코는 두려움에 발걸음을 멈췄다.

"누구야? 거기 있는 게?"

마사코는 떨리는 목소리로 물었다.

그때였다. 흰색 천으로 휘감긴 무언가가 심장이 얼어붙을 것 같은 날카로운 비명을 지르며 튀어나왔다. 그것은 곧 허공을 날아 마사코의 눈앞에 우뚝 서서 그녀를 노려봤다. 얼굴의 일부에는 반야 가면이— 끔찍한 형상을 한 그 가면이 달라붙어 있고, 새하얗고 긴 머리카락이 양 어깨 위에 늘어져 있었다.

"아아……."

마사코는 이제 목소리조차 나오지 않았다.

그 형상이 튀어나옴과 동시에 그녀는 몸을 홱 돌려서 정신없이 뛰었다. 머릿속은 공포로 텅 비어버려 아무 생각도 할 수 없었다. 오직 도망쳐야겠다는 생각뿐이었다. 그런데 발이 생각대로 움직여주질 않았다. 바보같이 무릎이 부들부들 떨려서 휘청거리기만 했다.

무언가에 걸려 넘어진 마사코는 다리의 난간에 부딪쳤다. 썩은 난간은 잘게 부스러져 마사코는 캄캄한 공중으로 내팽

개쳐졌다.

아득한 저 밑에서 검은 물이 하얀 거품을 내며 콸콸 흐르고 있었다. 그 한가운데로 곤두박질치며 마사코는 희미하게 누군가가 부르는 소리를 들었다.

"에츠, 에츠……."

에츠라니, 그게 누구지? 내가 아는 애였나? 떨어지면서 마사코는 멍하니 생각했다.

드디어, 끝을 알 수 없이 깊고 차가운 물이 마사코를 집어삼켰다.

가슴이 눌리는 듯한 느낌에 괴로워하며 마사코는 겨우 눈을 떴다.

'꿈이야! 꿈이었어…….'

이렇게 끔찍한 꿈을 꿀 수가……. 마사코의 잠옷은 땀으로 흠뻑 젖어 있었다. 옆을 보니 요시오는 새근새근 숨소리를 내며 깊이 잠들어 있었다.

살짝 일어나서 잠옷을 갈아입고 다시 이불 속으로 기어들어갔지만 마사코는 좀처럼 다시 잠들 수 없었다.

'맞아. 나는 여섯 살 정도, 에츠는 다섯 살 정도였던 것 같아. 그 애는 지금 어떻게 되었을까…….'

에츠는 마사코의 어릴 적 소꿉친구였다. 희미한 어둠 속에 누워 천장을 바라보며 마사코는 어릴 적의 일을 그리운 듯이 떠올렸다.

'그런데 왜 꿈속에서 에츠의 이름이 들렸을까?'

악몽이었다. 그러나 그 꿈은 무언가 의미가 있었다. 마사코는 그렇게 생각했다.

다음 날 아침, 눈이 빨리 떠진 마사코는 분이치를 불러내 함께 학교에 가기로 했다. 함께 걸어가면서 마사코는 곧바로 어젯밤 꿈 이야기를 했다. 분이치는 심리학자인 작은아버지에게 여러 가지 이야기를 들어서 아는 게 많을 테니까 어젯밤 꿈에 대해서도 무슨 얘기를 해주지 않을까 하고 기대했다.

분이치는 마사코의 이야기를 듣고 잠시 동안 생각하더니 말을 꺼냈다.

"옛날에 네가 시골에 살았을 때 분명 무슨 일이 있었던 거야."

마사코는 진지하게 고개를 끄덕였다.

"나도 그렇게 생각해."

"에츠라는 애는 네가 어렸을 때 살던 곳에 지금도 살고 있을까?"

"응, 그럴걸."

"그 시골은 여기서 멀어?"

"아니, 하루면 갔다 올 수 있어."

분이치는 다시 뭔가 생각하더니 갑자기 멈춰서서 마사코를 향해 돌아섰다.

"그럼 마사코, 이번 일요일날 거기 가보자. 가보면 뭔가 알게 될 거야. 널 괴롭히고 있는 게 어떤 건지……."

마사코는 분이치의 눈을 잠자코 바라봤다.

"같이 가줄래?"

"물론이지. 같이 가자."

마사코는 고개를 숙이고 작은 목소리로 말했다.

"고마워."

분이치와 함께 오랫동안 가지 않았던 그리운 시골에 가는 것이 기쁘기도 하고, 그곳에 어떤 무서운 비밀이 숨어 있는 걸까 상상하면 왠지 두렵기도 했다.

일요일이 오기까지 사나흘 동안 그런 복잡한 심정이 마사코를 어지럽혔다.

12

일요일은 구름 한 점 없이 맑았다.

아침 일찍 마사코네 집에 온 분이치는 밝은색 원피스를 입고 평소와 달리 밝게 재잘대는 마사코를 눈이 부신 듯이 바라봤다.

"우와, 그런 걸 입으니까 이제 여자 같네."

"그런 말은 실례야."

마사코는 살짝 눈을 흘겼다.

"그럼 평소엔 뭐라고 생각했어?"

"여자애."

"그러는 너도 오늘은 신경 좀 쓴 거 같은데?"

짙은 녹색 스웨터를 입고 있는 분이치는 쑥스러워서 얼굴이 빨개졌다.

둘은 교외로 이어지는 전철을 타고 도심을 빠져나와 기차로 갈아탔다.

도시에서 벗어나자 창밖으로 보이는 시골 풍경이 정말 예뻤다. 산과 들은 갖가지 색으로 물들었고, 밭은 황금빛이었다. 여기저기서 벼를 수확하고 있었다. 이제는 완연한 가을이었다.

"마사코, 너희 시골집엔 지금도 할아버지랑 할머니가 계셔?"

"아니, 두 분 다 안 계셔. 전에 살던 집엔 지금 전혀 모르는 사람이 살고 있대. 그래도 근처에는 아는 사람이 많이 있으니까 모두들 날 기억할 거야."

"넌 거기에서 태어났지?"

"응. 여섯 살 때까지 살았는데, 그 이후에 아빠 회사 때문에 가족 모두 시내로 이사갔지."

4시간 가까이 기차를 타고 목적지인 작은 역에 도착했을 때는 이미 점심때를 조금 넘긴 시간이었다.

역 앞 상점가의 작은 식당에서 간단히 점심을 먹은 두 사람은 마사코가 태어난 마을까지 1킬로미터 정도 되는 길을 천천히 걷기 시작했다.

근처의 높다란 녹색 산들에 햇빛이 비치고 공기는 맑고 바람은 시원했다. 길 양쪽에 펼쳐진 밭에는 무와 순무가 심어져 있었다. 점심시간인지 길에도 밭에도 사람의 모습은 보이지 않았다.

"저 강을 건너면 바로야."

마을이 가까워지자 마사코의 가슴은 영문도 모르는 무언가에 대한 기대 반 두려움 반으로 쿵쾅거리기 시작했다.

둑에 올라가서 폭이 넓고 깊은 강의 흐름을 보자 마사코는 깜짝 놀라 숨을 죽이고 그 자리에 선 채 꼼짝할 수가 없었다.

낯익은 긴 다리가 반대편 기슭의 둑까지 이어져 있었던 것이다.

물론 마사코는 그 다리가 거기에 있다는 걸 이미 알고 있었다. 그러나 몇 년 만에 돌아와서 새삼스레 바라본 그 다리의 모습은…….

낡아서 여기저기 썩어서 부서져 있는 낮은 나무 난간, 한쪽에 일렬로 10미터 정도 간격으로 서 있는 삼나무 전신주, 게다가 다리에서 아득히 먼 저쪽 너머로 또렷하게 떠 있는 것은, 정상 부근이 하얀 눈으로 뒤덮인 연보랏빛 산맥이었다.

'그래! 이 다리였어, 내가 꿈에서 본 것은! 그 악몽에 나왔던 건 바로 이 다리였어!'

갑자기 마사코의 마음속에서는 순식간에 그리움과 공포가 한데 뒤섞여, 그녀는 한 걸음도 떼지 못하게 되었다.

분이치는 신중한 눈으로 그런 마사코를 쳐다보며 말했다.

"네가 꿈에서 본 게 이 다리였지?"

"응……."

마사코는 그렇게 말하는 것만으로도 힘들었다.

근처의 풍경은 예전에 분이치와 함께 산책했던 그 강가와 비슷했다.

눈부신 햇볕 아래 반짝이는 강가의 자갈돌. 그리고 인적 없는 고요함 속에서 이따금 멀리서 들려오는 때까치 울음소리.

"자, 가자. 건너자!"

분이치가 마사코를 다독이는 것처럼 말했다.

'도저히……. 도저히 못 건너겠어!'

마사코는 그렇게 말하려고 했다.

그러나, 여기서 돌아가 버리면 앞으로 자신의 마음속 어두운 그림자에 숨겨진 부분이 밝은 곳으로 나올 수 있는 기회는 아마 영영 없을 것이다.

그녀는 겁쟁이 요시오를 격려하면서 어두운 복도를 걸었던 일이 떠오르자 자기 자신이 부끄러워졌다.

"응, 갈게……."

마사코는 망설이며 분이치에게 손을 내밀었다. 분이치는 그 손을 꼭 잡고 마사코보다 조금 앞서서 천천히 걷기 시작했다.

"난간에 부딪치지 않도록 조심해."

마사코는 자기 목소리가 떨리고 있다는 걸 알 수 있었다.

“걱정 마. 다리 한가운데를 걷고 있으니까.”

그렇게 대답한 분이치는 의아한 표정으로 마사코를 돌아보았다.

마사코는 주위를 보는 게 무서웠기 때문에 고개를 푹 숙이고 자신의 발끝을 보면서 걸었다.

“안 돼, 그러면!”

분이치는 얼굴을 찡그리고 멈춰섰다.

“좀 더 주위를 살펴보면서 잘 생각해보란 말이야.”

마사코는 갑자기 양손으로 얼굴을 가렸다.

“안 돼. 못 하겠어! 꿈에서 일어났던 일이랑 똑같은 일이 또 일어날 것 같아! 전신주가 무너질 거야! 저, 저 전신주 그림자에 누가 있어! 봐, 누가 뛰쳐나오고 있잖아!”

그때 갑자기 가까이서 목소리가 들렸다. 여자 목소리였다.

“마사코! 너 마사코지?”

13

움찔 놀란 마사코는 얼굴을 감싸고 있던 손을 내려놓고 살며시 목소리의 주인공을 쳐다보았다.

마사코보다 키가 훨씬 크고 교복에 머리를 양갈래로 땋은 여자아이가 5, 6미터 떨어진 곳에 우두커니 서서, 뚫어져라 마사코 쪽을 보고 있었던 것이다.

"앗, 에츠! 에츠 맞지?"

마사코는 반가움에 자기도 모르게 큰 소리로 말했다. 에츠는 건강한 피부의 귀여운 소녀로 자라 있었다.

그러나 아무리 키가 컸어도 어딘가 슬퍼 보이는 그 커다란 눈동자와 볼록한 볼 주위에는 어린 시절의 모습이 아직 남아 있었다. 만일 어딘가 다른 곳에서 만났더라도 마사코는 에츠를 알아보았을 것이고, 에츠도 그건 마찬가지일 것이다.

그녀의 곁으로 달려가려고 하던 마사코는 조금 망설였다. 오랫동안 만나지 못했던 탓일까, 왠지 어색하기도 했다. 게다가 너무 친한 척하면 에츠가 기분 나쁘지 않을까 하고 걱정도 되었다. 어차피 그것은 에츠도 마찬가지일 것이다.

둘은 머뭇머뭇 어색한 모습으로 어느 쪽이 먼저랄 것도 없이 서로에게 다가갔다.

"너 정말 키가 많이 컸구나."

마사코가 생각했던 대로 말했다.

"전신주 같지?"

에츠가 쑥스럽다는 듯이 말해서 마사코는 무심코 웃어버렸다. 에츠도 자연스럽게 웃었기 때문에 마사코는 안심했다.

'괜찮아. 이 아이는 옛날하고 똑같아!'

"정말 오랜만이다!"

둘이 손을 맞잡았을 때 마사코 뒤에 있던 분이치가 어색하게 헛기침을 했다.

"흠흠."

마사코는 그때서야 에츠에게 분이치를 소개했다.

"여기는 같은 반 친구인 모리모토 분이치 군. 그리고 이쪽은 기타지마 에츠야. 내가 전에 얘기했었지?"

분이치가 주뼛거리며 한 걸음 앞으로 나와 점잔을 빼며 인사를 했다.

"마사코한테 얘기 들었어요."

마사코는 웃음이 터지려는 것을 겨우 참았다. 에츠도 얼굴이 빨개진 채 고개를 숙였다.

"우리 몇 년 만이지?"

마사코가 묻자 에츠는 생각하며 슬금슬금 난간 쪽으로 걷기 시작했다.

"음…… 7년인가…… 8년째가 되네, 벌써……."

그녀는 난간 앞에 멈춰서서 마사코 쪽을 뒤돌아봤다.

"네 생각 많이 했었어. 그렇게 사이가 좋았는데 한 번도 놀러오지 않았잖아."

"미안. 나도 네 생각 많이 했어. 꿈에서도 봤는걸."

마사코는 에츠에게 다가가려고 하다가 다시 멈추고 말았다. 에츠의 등 뒤에 있는 난간이 썩어서 건드리면 부서질 것 같은 느낌이 들었기 때문이다.

"그래도 결국 다시 만났네."

에츠가 다가와서 다시 마사코의 손을 잡았다.

"나는 네가 아직도 그 일을 신경 쓰고 있는지 걱정했었어."

마사코는 에츠의 이 말에 흠칫 놀라 무심코 분이치를 돌아보았다. 분이치는 천천히 둘 옆으로 와서 진지한 얼굴로 에츠에게 물었다.

"그 일이라니 어떤 일?"

마사코의 심장이 마구 뛰었다. 그 일이라니, 도대체 뭘까? 나의 괴로움의 원인인 걸까? 에츠는 그것을 알고 있는 걸까?

에츠는 영문을 모르겠다는 얼굴을 하고 마사코와 분이치의 눈을 번갈아 바라보았다.

"왜 그래? 둘 다 그렇게 정색을 하고……. 무섭잖아."

마사코는 무심결에 에츠의 양어깨에 손을 얹었다. 점점 마사코의 손에 힘이 들어갔나 보다. 에츠는 아픈 듯 눈썹을 찌푸렸다.

"가르쳐줘! 무슨 일이 있었던 거야? 그 일이라니 그게 도대체 뭔데?"

마사코의 목소리는 이미 이성을 잃었다.

"아파, 이 손 놔줘!"

마사코는 무의식중에 에츠의 어깨를 있는 힘껏 흔들고 있었다. 분이치는 당황해서 에츠의 어깨에서 마사코의 손을 잡아뗐다.

"아…… 아파."

에츠는 어깨를 문지르며 의심스러운 눈빛으로 마사코를 쳐다봤다.

"넌 날 만나고 싶어서 여기 온 게 아니구나? 도대체 뭣하러 온 거야? 설마, 그 일을 잊은 건 아니겠지?"

울음을 터뜨릴 것 같은 표정으로 아무 말도 할 수 없게 된 마사코를 감싸는 듯이 분이치가 한 발 앞으로 나왔다.

"나는 물론 아무것도 모르지만 마사코도 그게 생각나지 않아서 괴로워하고 있어."

"뭐라고?"

에츠가 놀란 눈으로 분이치의 어깨 너머에 있는 마사코를 봤다.

"너 그럼 정말로 잊어버린 거야?"

마사코는 슬픈 듯이 고개를 끄덕였다.

에츠는 불쾌해진 모습으로 둘에게 등을 보이고 다시 난간 쪽으로 걸어갔다.

"기가 막혀."

불쑥 중얼거린 그녀는 강을 내려다보며 입을 다물고 말았다. 긴 침묵이 이어지고 개구리 울음소리가 다시 크게 들려왔다.

마치 셋 모두 얼어붙은 것처럼 그 긴 다리 한가운데에 그저 우두커니 서 있을 뿐이었다.

마침내 숨이 막힐 것 같은 침묵을 참을 수 없어진 분이치가 입을 열었다.

"마사코는 노이로제야. 그런데 그 원인을 모르는 거야. 조금만 참고 용서해줘."

마사코도 분이치의 뒤에서 에츠의 등을 향해 말했다.

"미안해. 마치 히스테리를 부린 거 같아서……."

"에츠. 이건 내멋대로 생각한 건데 전에 이 다리 위에서 너와 마사코 사이에 무슨 일이 있었던 것 같은데, 아니야?"

분이치의 말에 마사코도 힘을 내어 필사적으로 무언가를 생각해보려 애쓰며 말했다.

"누군가가 이 다리에서 떨어졌던 걸까?"

그때 에츠가 갑자기 뒤를 돌아보았다.

"누군가가 떨어졌던 걸까, 라고?"

그녀는 가슴을 내밀며 마사코의 얼굴을 향해 따지듯이 말했다.

"바로 네가 나를 밀어서 떨어뜨렸잖아!"

14

마사코는 격렬하게 머리를 흔들며 2, 3초간 뒷걸음질 쳤다.

"그런……, 내가 그런 짓을 했을 리가 없어……."

에츠의 표정이 흐려졌다. 마사코의 눈에는 아무것도 보이지 않았다. 분이치가 놀라서 마사코에게 다가와 말을 걸었다.

"마사코……."

느닷없이 마사코는 절규했다. 슬픈 여운을 남기는 그 목소리는 주변의 고요함을 날카롭게 갈라놓았다. 그녀는 다시 얼굴을 감싸고 왔던 길을 되돌아 뛰어가기 시작했다. 생각났다. 마사코는 모든 것을 생각해냈던 것이다.

그 충격으로 그녀는 달릴 수밖에 없었다.

"이봐, 어디로 가는 거야! 위험해!"

분이치는 놀라서 마사코를 좇았다. 마사코는 얼굴을 감싸고 있었기 때문에 달리면서 몇 번이나 비틀비틀 넘어질 뻔했다. 다리 옆에서 겨우 그녀를 따라잡은 분이치는 숨을 헐떡이며 말했다.

"위험하잖아! 앞도 안 보고 뛰어가다니 너야말로 난간에 부딪치면 어쩌려고 그래?"

마사코는 분이치의 팔 안에서 아직도 발버둥 치며 말했다.

"아니야……. 난 일부러 그런 게 아니야!"

그것은 8년 전 가을의 일. 어느 무더운 오후였다.

당장에라도 비가 올 듯한 어두컴컴한 하늘 아래에 머나먼 산맥이 잿빛으로 물들어 있었다. 인적 없는 적막함 속에 개구리 울음소리만이 으스스하게 울리고 있었다.

마사코는 일곱 살. 아직 어렸다.

강 건너에서 물건을 사오라는 엄마의 심부름을 마치고 돌아가는 길이었다. 난간에 기대면 위험하다고 언제나 엄마가 주의를 주었기 때문에 그녀는 다리의 한가운데를 똑바로 걷고 있었다.

그때였다. 무서운 일은 바로 그때 일어났다.

"생각난 거지?"

분이치가 상냥하게 물었다. 마사코는 떨면서 희미하게 고개를 끄덕였다.

에츠도 분이치 뒤에서 마사코가 있는 곳까지 달려와서 숨을 몰아쉬며 말했다.

"마사코, 미안해! 나는 네가 그렇게 괴로워하고 있을 줄은 정말 몰랐어! 벌써 8년 전의 이야기인걸!"

"미안해! 에츠, 나 생각났어!"

에츠는 고개를 가로저었다.

"그땐 내가 잘못했어. 그날 나는 아빠 방에 걸려 있던 반야 가면을 마음대로 가져왔어. 그걸 쓰고 누군가를 깜짝 놀라게 해주고 싶어서 그 다리 위 전신주 그늘에 숨어 있었던 거야."

에츠는 마사코의 손을 움켜쥐었다.

"미안해, 사과해야 하는 건 바로 나야. 내가 너한테 못된 장난을 쳐서 놀라게 한 거잖아. 제일 처음에 온 사람을 놀라게 해주려고 했어. 그러니까 누구라도 상관없었던 거야. 전신주 그늘에서 튀어나갈 때까지 걸어온 사람이 너라는 것도 몰랐어! 정말이야!"

— 아무것도 모르고 다가온 마사코의 눈앞에 전신주 그늘에서 기묘한 외침과 함께 불쑥 튀어나온 에츠는 하얀 유카타•

• 목욕 후나 여름철에 입는, 일본 전통의 홑겹 옷.

를 입고 있었다. 게다가 에츠의 머리칼이 바람에 흩날려 얼굴에 쓴 반야 가면에 휘감겼기 때문에 한층 무시무시한 분위기가 나고 있었다.

"아아악!"

너무나 무서운 나머지 마사코는 에츠의 가슴을 있는 힘껏 밀쳤다. 에츠의 등이 뒤의 난간에 부딪쳤다. 썩은 난간은 금세 꺾어져 우르르 무너질 찰나였다.

그 순간 난간이 무너지면서 에츠의 몸이, 공중에 떴다가 곧바로 수면을 향해 떨어졌다.

"으으윽!"

"마사코! 나야, 에츠!"

희미하고 슬픈 비명 소리가 허공을 가로질렀다…….

15

"떨어지면서 기절하는 바람에 나는 물을 많이 먹지 않고 살아났어."

설명하는 에츠의 목소리는, 마사코에게는 마치 먼 곳에서 들려오는 소리처럼 느껴졌다.

"누군가 강 하류 쪽에서 자갈밭에 떠올라온 나를 발견했어. 다행히 그 사람은 날 아는 사람이어서 날 안고 집까지 데려다줬어. 그러고 나서 난 폐렴에 걸려 오랫동안 누워 있었지. 병이 겨우 나아서 밖에 나갈 수 있게 됐을 무렵 너는 없었어. 너희 가족은 벌써 시내로 이사간 뒤였거든."

에츠는 공허한 눈빛으로 멍하니 앞쪽을 바라보며 마사코의 어깨에 살며시 손을 얹고 말했다.

"나 사실은 너무 외로웠어."

마사코는 잠긴 목소리로 천천히 말했다.

"너를 강에서 밀어 떨어뜨리고 나서 나는 울면서 정신없이 집까지 뛰어갔어. 나는 그날부터 열이 많이 났고 며칠 동안 일어나지도 못했어. 계속 무서운 꿈을 꾸고 헛소리를 잔뜩 했대. 겨우 일어났을 때엔……."

마사코는 말을 잇지 못하고 고개를 숙였다. 분이치가 옆에서 말했다.

"무슨 일이 있었는지 기억나지 않았다는 거네? 모두 잊어버렸다는 거지?"

"응."

마사코가 고개를 끄덕였다.

"에츠를 강으로 밀었을 때, 너는 네가 에츠를 죽였다고 생각했어. 그 엄청난 죄의식에 견딜 수가 없었던 거야. 그래서 자신도 깨닫지 못하는 사이에 모든 것을 잊으려고 했던 거고."

확실히 분이치가 말한 대로였다. 열이 났던 것은 마사코의 마음속에서 에츠를 걱정하는 마음과 빨리 잊어버리고 싶다는 마음이 서로 싸우고 있었기 때문이었다.

그 뒤에도 마사코는 반야 가면을 보는 것이 무서웠다. 그러나 그것은 가면 그 자체가 무서웠던 게 아니라 가면을 보면 그 사건이 생각날 것 같은 자신의 마음이 무서웠던 것이다. 고소공포증도 마찬가지였다.

마사코의 죄의식은 단지 탑에서 떨어질 뻔한 분이치를 구했다는 정도로는 보상이 되지 않을 만큼 큰 것이었다.

그때 느꼈던 '이런 일이 전에도 있었다'는 느낌은 정말로 에츠를 구하고 싶었다는 마사코의 오랜 염원을 나타내고 있는 것이었다.

알았다. 모든 것을 알게 되었다.

마사코의 머릿속에 자욱하게 끼어 있던 안개가 걷히고 파도치던 마음이 서서히 잦아들어 가는 것 같았다.

그녀는 활짝 웃는 얼굴로 에츠와 분이치에게 미소를 지어 보였다.

"이제 괜찮아. 정말 미안해. 걱정 끼쳐서……."

분이치와 에츠는 동시에 안심한 표정을 지었다.

"다행이다, 정말……."

"에츠, 나 너한테 정말 심한 짓을 했어."

마사코가 에츠의 손을 잡으며 얼굴을 붉혔다.

"아니, 괜찮아."

고맙다는 눈빛으로 마사코는 분이치의 얼굴을 향해 고개를 끄덕였다.

"고마워. 분이치 씨. 다 네 덕분이야."

마사코가 분이치를 평상시와 다르게 격식을 차린 호칭인 '분이치 씨'라고 부르자 분이치는 깜짝 놀라 갑자기 얼굴이 홍

당무가 되었다.

"바보네, 마사코는……."

"저기, 너희들 우리 집에 놀러오지 않을래?"

갑자기 에츠가 신이 나서 말했다.

"과일이 한가득 있거든."

가을이 되면 과수원을 하는 에츠네 친척이 배랑 포도를 잔뜩 보내온다는 걸 마사코는 생각해냈다.

세 명은 나란히 다리 위를 걷기 시작했다.

산에서 불어오는 청명한 가을바람에 땋아내린 에츠의 머리가 흔들렸다.

16

그로부터 일주일 정도 지난 어느 날.

수업이 끝나고 마사코가 집 바로 앞의 사거리까지 왔을 때, 건너편 집의 담벼락 앞에서 요시오와 히사, 아츠가 쭈그려 앉아 놀고 있는 게 보였다.

"또 여자애들이랑 놀고 있네. 요시오는 남자면서……."

마사코는 싱긋 웃었다. 사이좋게 놀고 있는 세 명의 아이들을 보고 있으려니, 마사코의 기분까지 왠지 온화해지는 것 같았다.

"뭘 하면서 놀고 있는 걸까? 무슨 얘기를 하고 있을까?"

궁금해진 마사코는 담벼락 그림자에 숨어 셋이 노는 모습을 몰래 엿보았다.

주위가 조용해서, 세 명의 아이들이 이야기하는 소리가 또

렷하게 들렸다.

"어서 와요. 피곤하죠?"

아츠의 목소리였다. 묘하게 어른스러운 말투여서 마사코는 조금 놀랐다. 소꿉놀이를 하고 있는 것 같았다.

"우와아, 피곤해, 피곤해."

이건 요시오의 목소리. 아빠가 회사에서 돌아왔을 때 항상 하는 말을 흉내 내는 것이었다. 마사코는 자기도 모르게 웃음이 나올 것 같았다.

"숙제는 다 했니?"

"네, 했어요."

이건 히사다. 요시오가 아빠, 아츠가 엄마, 히사가 아이 역할을 하고 있는 것 같다.

요시오가 갑자기 큰 목소리로 떠들기 시작했다.

"나 오늘 회사에서 모가지 당했어. 모가지라도 상관없어. 나한테 꼭 와달라고 부탁하는 다른 회사가 얼마나 많은데. 그러니까 모가지 당해도 난 괜찮아."

마치 회사에서 해고당한 것이 너무 좋아 어쩔 줄 몰라 하는 말투였다. 마사코는 웃음이 나오려는 것을 억지로 꾸욱 참았다. 소리를 내지 않으려고 가방을 껴안고 몸을 배배 꼬며 숨죽여 웃었다. 배가 다 아플 정도였다.

잠시 동안 웃다가 이상하게 조용해졌다는 걸 알아차리고

살짝 담벼락 귀퉁이로 엿보니, 세 명의 아이들 쪽으로 동네 아이들 중 대장이라 불리는 아이가 천천히 걸어오고 있는 것이 보였다. 히로였다.

세 명은 히로가 오는 걸 깨닫고 바짝 긴장하고 있었다.

"우와아, 또 계집애가 여자애들이랑 놀고 있다아! 으윽, 기분 나빠."

히로가 심술궂게 웃으며 요시오에게 말했다. 히사는 옆에 있던 그림책을 펴고 모른 척하기 시작했다. 아츠와 요시오는 계속 히로의 얼굴을 보고 있다.

"여자애랑 놀면 나중에 정말 여자가 된다, 이 계집애야!"

요시오가 벌떡 일어났다.

"난 계집애가 아니야!"

마사코는 나가서 히로를 나무랄까 생각했지만, 요시오가 어떻게 할까 궁금해서 조금 더 상황을 지켜보기로 했다.

히로는 슬금슬금 그림책을 보고 있는 히사에게 다가가기 시작했다. 아무래도 그림책을 빼앗든지 차버리든지 할 작정인 것 같았다.

그때였다. 요시오가 갑자기 히로에게 몸을 부딪쳤다. 요시오는 히로를 멋지게 넘어뜨렸지만 그 기세로 요시오도 함께 그 옆에 콰당 하고 넘어졌다.

"위험해!"

마사코는 자기도 모르게 요시오 쪽으로 달려갔다. 히로는 마사코를 보자 놀라서 일어나더니, "우와아, 요시오는 계집애래요!" 하고 외치며 자기 집을 향해 뛰어갔다.

"누, 누나!"

요시오는 반가운 듯이 마사코를 부르며 일어서서 마사코가 있는 쪽으로 왔다. 마사코는 요시오 앞에 앉아서 동생의 어깨를 끌어안았다.

동생이 싸우는 것을 본 것은 처음이었다.

"괜찮아? 다치지 않았어?"

"응, 안 다쳤어."

요시오는 힘차게 대답하고 나서 씨익 웃었다.

"헤헤, 싸웠다."

마사코는 그런 동생이 너무나 귀여웠다. 그녀는 동생을 꽉 껴안고 상냥하게 말했다.

"바보구나, 요시오는……. 싸움 같은 거 하면 안 돼. 싸움은 나쁜 거야. 그래도, 그래도 요시오, 네가 어느새 이렇게 강해졌구나. 정말 강해졌어!"

The other world

1

'이런, 또 걸렸군.'

노부코는 앞쪽을 보고 후우— 하고 한숨을 내쉬고는 눈을 내리깔았다.

학교에서 돌아올 때면, 항상 이 길에서 저 세 명의 불량학생들과 마주치곤 한다. 그들은 M고등학교 학생들인데, 노부코가 다니는 S고등학교 학생들을 눈엣가시로 여기는 모양이다.

남학생이 지나가면 싸움을 걸고, 여학생을 보면 못돼먹은 장난을 치는 통에 노부코도 몇 번이나 당했는지 모른다.

'그러고 보니 어제도 마주쳤지. 역시나 이 길에서…….'

어제도 노부코를 보더니, 셋이 어깨동무를 하고 능글능글 웃으며 그녀의 앞을 막아섰었다. 강한 성격의 노부코는 발끈 화가 나서, '손만 대봐라. 소리를 꽥 질러줄 테니까!' 하고 결심하고 오히려 더 험하게 그들을 쏘아보았다.

때마침 인적 드문 그 길로 장을 보고 돌아오는 아주머니 세 분이 지나가는 바람에 불량학생들은 허둥지둥 길가로 물러나기는 했지만, 큰 소리로 노부코의 약을 올렸다.

"저 여자애, 방금 우리 째려봤지?"

"우와, 무서워라. 무서워 죽겠네."

그리고 지나가던 아주머니들의 눈살을 찌푸리게 할 만큼 지저분한 말을 노부코에게 퍼부었다. 노부코는 끓어오르는 부아를 꾹 참으며 잰걸음으로 그 자리를 떠났다.

바로 어제 그런 험한 꼴을 당했던지라, 오늘도 그들이 저쪽에서 다가오는 것을 보고 노부코는 자기도 모르게 한숨이 절로 나왔다.

"무슨 일 있어?"

옆에서 걷고 있던 같은 반 친구 이토카와 시로가 의아한 듯이 노부코의 얼굴을 바라보았다. 오늘 시로는 노부코에게 책을 빌리려고 하굣길에 노부코네 집에 들렀다 가려고 했던 것이다.

시로는 저 세 명의 불량학생들을 오늘 처음 보는 것 같았다. 노부코는 시로에게 말했다.

"저쪽에서 오는 애들 세 명 말이야."

"음, M고등학교 학생인 것 같은데, 무슨 일이라도 있었어?"

"쟤네들, 불량한 애들이야. 분명히 또 찝쩍거릴 거라고."

하지만 시로는 태연했다.

"건드리지만 않으면 괜찮지 않을까?"

"그래도, 짜증 나잖아!"

오늘은 시로와 같이 있다. 우리가 데이트하고 있는 줄로 알고 더 심한 장난을 걸어올 수도 있다. 어쩌면 시로에게 시비를 걸지도 모른다.

시로는 노부코네 반에서 제일 공부를 잘하는 아이다. 특히 수학과 과학, 음악 성적이 좋은데, 하나같이 노부코가 싫어하는 과목이기도 하거니와 자신 없어 하는 과목이기도 했다. 게다가 노부코는 시로가 화를 내는 모습을 아직 한 번도 본 적이 없었다. 노부코가 알고 있는 바로는 시로는 얌전한 학생이다.

그런데 만약 저 세 명의 불량학생들이 싸움을 걸어온다면, 시로가 어떻게 대응할지 노부코는 조금 걱정스러웠다.

"시로, 싸우면 안 돼."

노부코가 작은 소리로 속삭이자 시로는 싱긋 웃었다.

"그럴 리가 있냐."

그러는 사이에 불량학생들은, 한 발 한 발 노부코 쪽으로 다가와 결국 시로와 노부코 앞을 가로막았다.

"오호라, 오늘은 보디가드를 고용하셨구먼!"

교복 앞단추를 단정치 못하게 풀어헤치고 모자를 삐딱하게 눌러쓴 학생이 앞니가 빠진 입을 벌리고 웃었다. 비슷한 행색의 몸집 큰 다른 두 명도 히죽거리며, 남녀 사이에 관한 낯뜨거운 말을 노부코에게 퍼부었다.

"거기 너희들, 좀 비켜줄래?"

시로가 조용하지만 단호한 태도로 말했다.

"아니, 이 자식, 너 지금 뭐라고 했냐."

세 사람은 시로에게 다가가서 가슴팍을 세게 밀쳤다. 시로는 휘청거리더니 길바닥에 엉덩방아를 찧었다.

"뭐야, 이 녀석."

시로가 너무나 맥없이 넘어지자 세 사람은 김이 빠진 모양이었다. 방정맞게 낄낄거리며 웃다가 그중 한 명이 시로의 모자를 걷어찼고, 그것도 모자라 땅에 떨어진 모자를 발로 마구 짓밟았다.

"이봐, 뭐라고 또 지껄여보시지, 응?"

다른 한 명이 넘어져 있는 시로의 옆구리를 구둣발로 걷어찼다. 시로는 괴로운 듯 끙끙거렸다.

노부코는 너무 분해서 눈물이 날 것 같았다. '돌을 주워 던져버릴까?' 하고 생각했지만 자기가 무슨 짓을 하면 그들은 틀림없이 시로에게 더 심한 짓을 할 것이 뻔했다.

"이 자식, 그러고도 남자냐!"

"우는 거 아니야?"

"가자, 가자, 김샜다."

시로가 아무 저항도 하지 않자 그들은 재미가 없어진 것 같았다. 아까처럼 노부코와 시로에게 저질스런 말을 거침없이 내뱉고 어깨를 으쓱거리며 그 자리를 떠났다.

2

"괜찮아? 다친 데는 없어?"

노부코는 시로를 부축해서 일으켜 세웠다. 시로는 옆구리를 누르며 신음하듯 대답했다.

"아니, 크게 다치지는 않은 것 같아."

노부코는 구겨진 모자를 주워들고 흙을 털어 시로에게 건네주었다. 모자를 받아쓴 시로가 노부코에게 말했다.

"그럼, 갈까?"

노부코는 어이가 없었다.

'이 아이는, 성질도 없는 건가? 여자인 나도 이렇게 화가 나는데…….'

아니, 그보다도 노부코는 시로가 정신적인 쇼크를 전혀 받지 않은 것 같아 놀랐다. 보통 이런 경우에는 몸이 아픈 것보다 다른 사람에게 못된 짓을 당했다는 정신적 충격이 더 큰 법인데.

하지만 시로는 아무렇지도 않은 듯 노부코와 나란히 걸으며 다른 이야기를 시작했다. 그런 시로의 행동은 방금 자신이 당한 일을 잊기 위해서가 아니라, 오히려 노부코를 안정시키고 그녀의 신경을 다른 쪽으로 돌리려고 애쓰는 것 같았다.

'그만둬!' 노부코는 마음속으로 외쳤다. '그러고도 네가 남자야? 남자냐고!'

노부코는 분명 시로에게 싸우지 말라고 부탁했었다. 하지만 그런 일을 당하면서까지 잠자코 있으라고는 하지 않았다. 시로가 그 원수 같은 불량학생들을 혼내주었으면 하고 내심 바랐던 것도 사실이다. 노부코는 그런 자신의 마음을 너무 이기적이라 생각하기는 했지만, 시로가 비겁하게 느껴지는 것은 어쩔 수 없었다.

노부코는 아무 말도 하지 않았다. 그러자, 분위기가 서먹서먹해서인지 시로도 입을 다물어버리고 말았다. 두 사람은 노부코네 집에 도착할 때까지 한마디도 하지 않고 그저 걷기만 했다.

노부코는 시로를 현관에 세워두고 자기 방에서 빌려주기로 한 책을 가져와 시로에게 건네주었다. 시로는 책을 받아들고 그대로 돌아갔다.

시로가 돌아간 후, 노부코는 시로에게 퉁명스러웠던 자신이 조금은 부끄러워졌다. 하지만 시로와 이야기를 할 기분은 아니었다.

자기 방으로 돌아간 노부코는 책상에 앉았다. 책상 위에 놓인 작은 거울에 비친 노부코의 얼굴은 창백하고, 눈꼬리가 치켜올라가 있었다. 그 얼굴은 그녀의 마음에서 일어나는 동요를 또렷하게 나타내고 있었다.

'꼴사나운 얼굴하고는…….'

노부코는 두 손으로 얼굴을 쓱쓱 문질러 생기가 돌게 하려 했다.

그녀 스스로는 자신의 얼굴이 예쁘다고 생각하고 있었다. 단 한 가지 신경이 쓰이는 것은, 눈에 쌍꺼풀이 없다는 점이다.

'쌍꺼풀이 있으면 훨씬 매력적인 눈이 될 텐데…….'

거울을 볼 때마다 그녀는 그렇게 생각했다.

노부코는 기분 전환을 위해 한 시간 정도 소설을 읽다가, 저녁 먹기 전까지 공부를 했다. 저녁식사 때 노부코는 부모님에게 오늘 있었던 일을 말씀드리지 않았다. 생각하기도 싫었기 때문이다. 하지만 노부코는 아무리 생각하지 않으려 해도 그때 시로의 태도를 떠올리지 않을 수 없었다.

'생각해보니 시로의 행동이 옳았을지도 몰라. 불량학생들과 싸워봤자 득이 될 게 아무것도 없을뿐더러, 더 크게 다쳤을지

도 모를 일이잖아.'

그렇지만 노부코는 도저히 납득할 수가 없었다. 노부코는 시로에게 약간의 호감을 가지고 있었다. 그것은 시로가 얌전하기 때문이기도 했지만 자신의 약점인 수학을 굉장히 잘하기 때문에 존경하고 있는 것일지도 모른다. 말이 나왔으니 말이지만 노부코는 수학은 영 젬병이다. 도대체가 숫자라는 것이 싫은 것이다. 전화번호를 외우는 것조차도 노부코에겐 너무 힘든 일이다.

뭐 그런 건 아무래도 좋다. 어쨌든 오늘 시로의 태도가 노부코의 눈에는 그저 득도한 어른으로밖에 보이지 않았다. 그것은 노인들의 태도라고, 노부코는 그렇게 생각했다.

'젊음이라고는 전혀 느껴지질 않잖아. 전혀 남자답지 않아.'

"무슨 일 있니? 노부코."

아빠가 근심스럽게 물었다. 엄마도 옆에서 한마디 거들었다.

"안색이 좋지 않구나."

"아니……. 별일 아니에요."

그렇게 대답한 노부코는 문득 아까 시로가 옆구리를 걷어차인 것이 생각나서 슬슬 걱정이 되기 시작했다.

'그 아이, 날 걱정시키지 않으려고 아픈 걸 참고 일부러 아무렇지 않은 표정을 짓고 있었나……' 하는 생각이 들었다.

'얼른 전화해봐야겠다.'

노부코는 저녁을 다 먹고 곧바로 일어나 전화기가 있는 현관 쪽으로 가기 위해 주방을 나섰다.

바로 그때, 별안간 노부코의 눈앞이 기우뚱 하고 흔들리더니 이내 초점이 희미해졌다. 노부코의 머리가 띵 하고 울림과 동시에 주변이 비틀거렸다.

그녀는 황급히 주방과 거실 사이에 있는 기둥에 손을 짚고 기댔다.

3

여기는 서기 3921년의 도쿄 시.

"광자기에 이상은 없습니까?"

베라트론 연구소의 시간양자학자 노부가 엔지니어에게 물었다.

"없습니다."

"그럼, 작동 개시!"

노부는 엔지니어들에게 지시했다.

엔지니어는 베라트론의 스위치를 눌렀다. 이 기계는 광자光子를 공장에서 대량생산하기 위해 세계 최초로 만들어진 장치로 오늘은 베라트론을 시험 가동하는 날이다. 열여섯 살의 젊은 여성 과학자 노부는 자신이 설계한 이 기계가 아무런 말썽 없이 제대로 작동해주기를 간절히 기도하고 있었다.

직경 30미터짜리 도넛 모양의 광자기가 천천히 우웅— 하는 굉음을 내며 움직이기 시작했다.

그 순간 사고가 일어났다.

광자의 움직임이 주변의 자기장을 뒤틀었고, 그것은 공간적으로 대폭발의 형태를 띠었다.

번쩍. 콰쾅!

넓은 공장 안에 눈부신 섬광이 일고 거대한 광자의 띠는 공중으로 산산히 흩어졌다.

"큰일 났다!"

"폭발한다! 도망쳐!"

공장 안에 있던 수백 명의 엔지니어들은 혼비백산해서 급히 밖으로 뛰쳐나갔다.

하지만 자동 사고방지장치를 내장한 베라트론은 다행히도 더 이상 폭발을 일으키지는 않았다.

우왕좌왕 공장 안으로 돌아온 엔지니어들은 바닥에 죽은 사람처럼 쓰러져 있는 노부를 발견하고 안아 일으켰다. 창백한 얼굴의 노부는 잠시 후 다시 숨을 쉬기 시작했다. 다행히 그녀는 잠깐 동안 정신을 잃었던 것뿐이었다.

하지만, 무언가가 달라졌다. 노부는 이제 더 이상 위대한 천재 과학자가 아니었다. 그녀는 부들부들 떨면서 주위를 두리번거렸다. 겁에 질린 그 눈은 감수성 예민한 열여섯 살짜리 보통 여자아이의 눈빛에 지나지 않았다.

"여기가 어디지? 그리고…… 그리고…… 당신들은 누구…… 누구세요?"

*

베라트론의 대폭발은 주변의 시공간연속체를 혼란시켜 다원우주 안의 노부의 동시존재의 위치를 뒤바꿔놓고 만 것이다.

다원우주, 그리고 동시존재.

우리들이 살고 있는 세계는 연속된 시간으로 생각할 수 있다. 그리고 또 한 가지, 역사를 가진 세계를 한 가닥의 날실로 본다면, 시간이라는 것은 그 날실을 무수히 가로지르는 수없이 많은 씨실이라 할 수 있다.

한 장의 직물을 생각해보라.

그 직물은 무수한 날실과 무수한 씨실로 짜여 있다. 그 씨실이 바로 시간이다. 우리의 일생, 혹은 세계의 역사, 그리고 그러한 것들을 무한히 잘게 나누고 있는 것이 바로 시간이다.

그리고 날실 중 한 가닥은 우리들이 살고 있는 이 세계이다.

그렇다면 또 다른 많은 날실들은?

그것은 또 다른 세계, 다른 공간에 있는 다른 우주. 그리고 다른 우주에도 지구가 있고 당신이 있다. 무한에 가까울 정도로 수많은 당신이…….

이것이 다원우주라는 개념이다.

서로 이웃한 두 가닥의 날실은 거의 비슷하다. 바로 옆에 있는 시간, 씨실끼리 서로 비슷한 것처럼……. 1초 전의 이 세계와 1초 후의 이 세계가 거의 비슷한 것처럼…….

이웃한 두 가닥의 날실에 있는 두 명의 당신은 역시 거의 비슷하다. 둘 다 같은 직업일 것이고 만약 당신의 손에 상처가 있다면, 또 한 명의 당신도 똑같은 곳에 상처가 있을 것이다.

그러나 스무 가닥, 서른 가닥, 그리고 수백 가닥 떨어진 날실에 있는 당신은? 거기에 있는 당신은 학생일 수도 있고 발명가일지도 모른다. 또는 총리대신일 수도 있다.

이것이 동시존재라는 개념이다.

베라트론의 폭발은 과학자 노부를 다른 우주, 다른 시간으로 날려버렸다! 그 대신에, 다른 우주, 다른 시간에 있던 노부, 혹은 노부코는 차례대로 조금씩 다른 날실로 밀려 들어가고, 밀려 나온 것이다. 이 세계에 살고 있던 노부코 역시 다른 우주로 밀려 들어가고 말았다. 바로 옆에 있는 날실 속 세계로!

그러나 그 세계는 노부코가 살던 이 세계와 너무나 비슷했기 때문에, 노부코는 잠시 동안 그 세계가 이상하다는 것을 전혀 눈치채지 못했다.

노부코가 도착한 세계. 그곳은 노부코가 내심 이러이러했으면 좋겠다고 바라왔던 세계였다. 사고가 났을 때 노부코가 바라던 세계가 원래 세계에서 밀려 나온 노부코를 가장 먼저 받아들인 것이다.

4

"아!"

작게 신음하며 이마를 짚고 비틀거리는 노부코에게 아빠와 엄마가 말을 걸었다.

"노부코, 무슨 일이니?"

"어디 안 좋니?"

노부코는 얼굴을 들고 고개를 저었다.

"아니, 별일 아니에요. 좀 어지러워서."

"공부하느라 무리했구나. 좀 쉬어라."

걱정스러운 듯 말하는 아빠에게 노부코는 고개를 숙이고 대답했다.

"네, 그럴게요."

그녀는 거실에서 복도로 나왔다. 조금 전 어지러웠던 것은 이제 아무렇지도 않았다.

시로에게 전화를 하려는 참이었다는 것이 생각나서, 노부코는 현관 쪽으로 가서 수화기를 들고 번호를 누르려고 하였다.

"세상에, 이게 뭐야!?"

그녀는 자기도 모르게 그렇게 소리치고 말았다.

대체 어떻게 된 일인지 전화기의 숫자판에 숫자가 다섯 개밖에 없는 것이 아닌가.

숫자판에는 1부터 5까지 다섯 개의 숫자밖에 없었다. 소스라치게 놀란 노부코는 그 자리에 못이 박힌 듯 꼼짝 못하고 서 있었다. 이래서는 시로의 집에 전화를 할 수 없다.

'분명 낮에 전화기를 고치러 왔던 전화국 사람이 실수로 이런 이상한 숫자판으로 바꿔놓은 걸 거야.'

노부코는 그렇게 생각했다. 그리고 재미있다는 듯 키득키득 웃었다.

그녀가 웃으며 거실로 돌아오자, 엄마가 이상하다는 얼굴로 노부코를 빤히 쳐다보았다.

"무슨 일이야, 이번에는 히죽히죽 웃고 다니고……. 정말 이상하네."

"전화기에 숫자가 다섯 개밖에 없는걸요. 1부터 5까지……."

노부코는 이렇게 말하며 킥킥 웃었다. 하지만 아빠와 엄마는 그게 뭐가 이상하냐는 표정으로 신기하다는 듯 노부코를 뚫어져라 쳐다보았다.

"그게 뭐가 잘못됐니? 전화기의 숫자는 원래 1에서 5까지 있잖아."

"뭐라고요!"

노부코의 안색이 순식간에 바뀌었다.

"장난하지 마세요! 전화기의 숫자는 1부터 0까지 열 개가 있는 거잖아요!"

자신도 모르게 그녀는 비명 섞인 소리를 질렀다. 아빠와 엄마의 표정은 장난 삼아 노부코를 놀리고 있다고는 생각할 수 없었다.

'아— 내가 이상해진 건가, 아니면 아빠와 엄마가 이상해진 건가?'

"노부코, 괜찮니?"

아빠가 가만히 노부코를 바라보면서 물었다. 그 눈빛은 마치 환자를 보는 듯했다. 엄마도 걱정스런 말투로 노부코를 타일렀다.

"분명 피곤해서 그럴 거야. 노부코, 오늘은 그만 가서 자라."

노부코는 아무 말도 하지 못하고 거실을 빠져나가 자기 방으로 들어갔다.

'대체 이게 어떻게 된 일이지?'

아무리 생각해도 영문을 알 수가 없었다.

노부코는 전화번호를 외우는 것에 영 취미가 없었다. 그래서 전화기의 숫자가 다섯 개만 있으면 충분하다는 생각을 한 적이 있었다. 하지만 그 소원이 정말로 이루어져 전화기의 숫자가 다섯 개가 되다니. 이건 마치 동화책에 나오는 이야기 같지 않은가!

아니면 내가 정말 이상해진 걸까?

노부코는 그렇게 생각하며 책상 위에 있는 작은 거울을 들여다보았다.

기분 탓일까? 자기 얼굴이 평소와는 좀 다른 것 같이 느껴졌다. 가만히 거울을 보고 있자니 그제서야 그 이유를 알 수 있었다.

언제부터인지 노부코의 눈에 쌍꺼풀이 져 있는 것이었다.

"어머, 언제 쌍꺼풀이 생긴 거지?"

'피곤해서 그런가?' 하고 생각했지만 이렇게 쌍꺼풀이 진 눈을 보니 자기가 굉장히 어른스럽고 여성스러워진 것 같았다.

'이 정도면 탤런트도 될 수 있겠는걸.'

노부코는 생각했다.

생각해보니 초등학교 때는 탤런트나 가수가 되는 것이 꿈이었다. 하지만 노래 한 곡 제대로 부르지 못해서는 가수 같은 건 꿈도 못 꾼다는 생각에 일찌감치 포기했었다.

그렇다. 노부코는 노래를 정말 못했다.

특히나 반음은 낼 수가 없었다. 그건 지금도 여전하다. 한마디로 노부코는 음치라는 말이다.

방 안에는 전자피아노가 있긴 하지만, 그건 결혼한 언니의 피아노다. 노부코는 피아노를 잘 못 친다.

'참, 내일 또 음악 수업이 있지…….'

노부코는 잠깐 연습이나 해볼까 하고 피아노 뚜껑을 열었다. 그리고 이번에야말로 찢어질 듯한 비명을 지르고 말았다.

피아노에는 검은 건반이 없었다! 흰 건반만 나란히 놓여 있을 뿐…….

그 피아노에는 반음이라곤 찾아볼 수 없었다.

5

음악시간에 배우는 노래는 모두 반음이 없는 단조로운 노래들뿐이었다. 물론 음악실에 있는 피아노에도 검은 건반이 없어서, 노부코가 잘 부를 수 있는 단조로운 노래만 연주할 수 있기 때문이다. 교과서에서도 올림표(#)와 내림표(♭) 기호가 사라졌다. 그래서 다장조, 기껏해야 가단조의 노래뿐이다.

수학 시간에 배우는 내용에서도 어려운 미적분이나 도형이 빠져 있었다. 초등학교에서나 배움직한 분수나 소수, 게다가 초보적인 계산이 고작이었다.

다시 말하자면, 노부코가 싫어하는 과목은 모두 놀랄 만큼 쉬워졌다. 그런데 노부코에게는 쉬운 그 과목들이 다른 학생들에게는 어려운 것 같았다. 그 까다로운 도형 문제를 척척 풀어 보이던 머리 좋은 시로조차 소수점을 어디에 찍어야 할지 몰라 머리를 싸매고 있다니!

그와는 반대로 노부코가 잘하는 과목 중에 학교에서 배우는 것만으로는 부족하다는 생각이 드는 과목, 이를테면 영어 같은 과목은 무척 수준이 높아져 있었다.

기누야 마리코 영어 선생님은 어느 틈에 메리 테일러라는 외국인으로 바뀌어 있었고 수업은 전부 영어로만 진행되었다.

*

어째서 이렇게 된 걸까. 친구들에게 그 이유를 물어봐도, 친구들은 오히려 그런 것을 묻는 노부코를 걱정하면서 처음부터 이랬다고만 말할 뿐이었다.

노부코는 겨우 이 이상한 사건의 전말을 대충 이해할 수 있을 것 같았다. 자신이 아무래도 다른 세계로 와버린 것 같다는 것을.

그리고 이 세계는 자신이 예전부터 이랬으면 좋겠다고 생각했던 부분들을 조각조각 붙여 만든 세계라는 사실을.

그녀는 왜 자기가 그런 세계로 날아오게 되었는지 물론 알 리가 없었다.

'아, 이대로라면 미쳐버릴지도 몰라!'

노부코는 고민했다.

'다른 사람한테 있는 그대로 전부 털어놓을까? 그런데 누구한테?'

'과학 선생님은 어떨까?'

'아니야.' 노부코는 고개를 저었다.

과학은 이전에, 가장 어려워하던 과목이었다. 그래서 지금은 오히려 가장 쉬운 과목이 되어 있지만. 이 세계에서는 학생들에게 자연과학을 그다지 많이 가르치지 않는다.

그렇다는 것은 과학 교사라 해도 고등학생 정도의 지식밖에 가지고 있지 않다는 말이 된다. 그래서 이런 복잡한 문제를 상담해봤자 어차피 노부코가 만족할 만한 대답은 해줄 리가 없다.

노부코는 계속 긴장하고 있어서인지 완전히 지치고 말았다.

'침착하자.'

초조해하거나 허둥대면 이상한 사람으로 보일 뿐이니까, 그보다는 어서 이 세계에 적응하는 편이 좋을지도 모른다…….

노부코는 그렇게 생각했다.

그래. 이 세계에 익숙해지기만 한다면 전에 살던 세계보다는 살기 편할 것이다. 어떤 점에서는 내가 바라고 있던 세계이기 때문에.

노부코는 그렇게 생각하는 것으로 스스로를 위로하려 했다.

무언가 약간씩 이상한 점이 있다고 해도 크게 놓고 보면 이전과 많이 다르지 않다. 사이좋았던 친구도 모두 그대로 있고, 집도 가족도 주변 사람들도 변함없다.

시로하고도 지금까지와 마찬가지로 사이좋게 지냈다.

노부코는 시로에게 자기가 겪은 일을 말해볼까 했지만, 시로가 예의 그 이상한 표정으로 자신을 보는 것이 싫어서 결국 말하지 않기로 했다.

*

이상한 세계에서 며칠이 흘러갔다.

어느 날, 수업이 끝나고 시로가 노부코 옆으로 다가와서 말했다.

"이 책, 고마웠어. 돌려줄게."

그가 내민 책은, 얼마 전에 불량학생과 마주친 날 그에게 빌려주었던 책이었다. 노부코는 책을 받아들고 물었다.

"재미있었어?"

"그게 말이야, 좀 어려워서……."

시로는 얼굴을 붉히면서 뒤통수를 긁적거렸다.

의외의 대답에 노부코는 어리둥절했다. 머리 나쁜 자기도 재미있게 읽었는데 머리가 좋은 시로가 이해하지 못할 리 없다고 생각했던 것이다.

"그럼, 좀 더 쉽고 재미있는 책이 있는데."

"그럼 그거, 보여줄래?"

"그래."

노부코는 고개를 끄덕였다.

시로는 노부코네 집에 책을 빌리러 같이 가기로 했다. 그런데 '또 그 불량학생들을 만나지 않을까?' 하는 생각에 노부코는 걱정이 앞섰다.

하지만 생각해보면, 이 세계에 노부코가 싫어하는 불량학생이 있을 리 없다. 사실 그 후로 노부코는 한 번도 그들을 보지 못했다.

"그럼 집에 같이 가자."

"그래."

둘은 사이좋게 교문을 나섰다.

6

집으로 돌아갈 때 항상 지나는 길목에 두 사람이 다다랐을 때. 이번에도 어김없이 저쪽에서 그 세 명이 다가왔다.

'아!'

노부코는 너무나 놀라 소리 없는 비명을 질렀다.

'있었어! 이 세계에도 저 세 명은!'

'분명 또 무슨 못된 짓을 할 거야.'

노부코는 확신했다.

'시로가 약하다는 것을 기회 삼아 오늘은 나한테까지 무슨 짓을 할지도 몰라……. 경찰에라도 연락했어야 하는 건데…….'

그렇게 생각했지만 지금은 너무 늦었다.

예상대로 세 명은 노부코 앞으로 다가와 밉살스런 말을 하기 시작했다.

"여어, 아가씨, 오늘은 평소보다 예쁜데?"

"둘이 잘 어울리는데, 쳇!"

시로가 세 명에게 말했다.

"거기 너희들, 좀 비켜줄래?"

시로가 이전과 똑같은 말을 반복했다는 생각이 들었다. 노부코는 일이 어떻게 돌아갈지를 분명히 알고 있었다.

'어째서 다른 길로 가지 않았을까.'

노부코는 뒤늦게 후회했다.

"아니, 이 자식, 너 지금 뭐라고 했냐."

그 세 명은 얼굴을 마주 보고 누런 이를 드러낸 채 웃으며 말했다.

"뜨거운 맛 좀 보여줄까? 응?"

한 명이 노부코 쪽을 힐끔힐끔 곁눈질하면서 천천히 시로에게 다가갔다.

"그만둬!"

노부코는 있는 힘을 다해 소리쳤다. 얼굴에서 핏기가 싹 가시는 것을 느낄 수 있었다.

"매일 질리지도 않고 괴롭히기만 하지! 그게 뭐가 그리 재미있다고!"

"뭐야!"

그들의 얼굴에서 웃음이 사라지고 그 대신, 순식간에 분노의 기운이 뿜어져 나왔다.

그들은 성실하고 공부를 잘하는, 얌전해 보이는 학생들에게 깊은 증오를 품고 있었다.

노부코는 확실히 알 수 있었다.

"여자니까 봐주겠지 안심하고 까부는 거냐, 응?"

시로와 마주하고 있던 녀석이 노부코 쪽을 돌아보며, 그녀의 가슴께에 달린 하얀 리본에 손을 뻗었다.

"잠깐!"

그 검고 두터운 손을, 시로의 작고 흰 손이 순식간에 감싸 쥐었다.

"어라, 이 자식이."

그는 시로의 손을 뿌리치려고 했다. 하지만 시로의 가느다란 손은 그의 손목을 꽉 잡은 채 놓지 않고 있었다.

"하하, 이게 대체 무슨 짓이냐?"

그는 기분 나쁘게 히죽거리며 시로에게 말했다. 그때 뒤에 있던 두 명이 천천히 시로에게 다가왔다.

"이 새끼가!"

시로의 왼쪽으로 돌아간 학생이, 그의 어깨를 잡아당기려 했다.

"에잇!"

시로가 크게 기합을 지르며 붙잡고 있던 학생의 팔을 비틀어, 왼쪽에서 다가오는 불량학생 쪽으로 냅다 내던졌다.

콰당!

그 둘은 서로 박치기를 하고 엉켜서 땅에 쓰러졌다.

"이게!"

시로는 오른쪽에서 달려든 다른 한 명에게도 주먹을 날렸다.

퍽!

그는 종잇장처럼 휙 날아가 길가에 있는 쓰레기통에 정통으로 부딪쳐 넘어졌다.

그가 넘어지는 것과 동시에 쓰러져 있던 두 명이 비틀거리며 일어서더니 다시 시로에게 달려들었다. 시로는 그중 한 명의 팔을 잡고 유도의 업어치기 기술로 옆에 있는 벽에 그 몸을 내던졌다.

"크억!"

거꾸러진 그는 머리를 심하게 부딪쳤는지 고통스럽게 소리쳤다.

"그만해, 시로! 그만해!"

당황해서 어쩔 줄 모르는 노부코는, 이 격렬한 싸움에서 이리저리 몸을 피하며 시로에게 외쳤다.

하지만 시로는 지치지도 않고 난투를 계속했고, 결국 또 한 명을 발로 걷어찼다. 그 학생은 넘어진 채 가슴을 움켜쥐고 우엑— 하고 뱃속에 든 것을 토해내기 시작했다.

시로가 그 정도로 싸움을 잘할 것이라곤 생각하지 못했기 때문에 노부코는 너무나 놀랐다.

어떤 의미로는 약간 안심하긴 했지만 그것도 잠시, 오히려 시로에게 두들겨 맞고 있는 세 명의 불량학생들이 불쌍해졌다. 이건 너무 심하지 않은가.

"이제 됐어, 시로! 이제 그만 봐줘!"

하지만 시로는 노부코가 하는 말 따위, 귀에 들어오지 않는다는 듯 쓰레기통에 부딪쳐 코피를 줄줄 흘리고 있는 학생을 한 번 더 벽으로 내던졌다.

"아아…… 우아앗!"

벽이 우르르 무너지면서 불량학생은 피투성이가 된 채 남의 집 마당으로 굴러떨어졌다.

7

난폭하게 미쳐 날뛰는 시로.

'아니, 이게 정말 시로일까?'

노부코의 눈이 휘둥그레졌다. 노부코가 알고 있던 시로는 온순하고 싸움 같은 건 절대 할 줄 모르는 상냥한 아이가 아니었던가.

그런데 지금의 시로는 마치 미친 사람 같다.

눈을 번뜩이며, 싸우는 것이 재미있어서 어쩔 줄 모르겠다는 듯이 입가에 웃음까지 띠고 폭력을 휘둘러대는 시로.

그렇다.

이제야 알았다. 노부코는 깨달은 것이다.

이것이 그녀가 바라던 시로다. 싸움도 잘하고 불량학생 따위 웃으면서 때려주는…… 슈퍼맨. 그것이 노부코가 바라던 시로였던 것이다!

이 세계에의 시로는 이제 머리 좋고 얌전한 시로가 아니었다. 노부코보다도 머리가 나쁘고 그 대신 폭력을 좋아하는 싸움꾼이 되어버렸다.

시로의 폭력은, 이미 선을 넘어버렸다.

'어쩌면 이렇게 잔인할 수가…….'

노부코는 자기도 모르게 눈을 돌렸다.

"살려줘!"

"용서해줘, 부탁이야, 용서해줘!"

비명을 지르고 울부짖으면서 땅바닥을 기어 도망가는 불량학생을 시로는 지치지도 않고 계속 따라다녔다.

"어딜 도망가, 이 자식들!"

그리고 피투성이가 된 그들을 다시 일으켜 세워 내던지고 또 내던졌다.

노부코는 이렇게 잔혹하고 인정사정없는 시로를 원한 것이 아니었는데.

적어도 그녀 스스로는……. 그녀는 그렇게 생각했다.

"이제 그만! 부탁이야!"

노부코는 목소리를 쥐어짜내 소리쳤다.

세 명의 불량학생들은 이제 싸움을 계속할 의지조차 완전히 잃은 것 같았다.

싸움은커녕 쓰러진 채로 일어서지도 못하는 것 같았다.

"으윽……."

"그만해! 이제 그만해!"

하지만 시로는 그들을 억지로 일으켜 세워 또 한 번 집어 던졌다.

"이래도 괴롭힐 테냐! 이래도!"

뚜뚝!

불쾌한 소리가 났다. 내동댕이쳐진 사람의 팔이 부러진 것이다.

"허억!"

그는 끝내 정신을 잃고 말았다. 하지만 시로는 또다시 그 학생을 집어 던지고 발로 짓밟았다.

노부코의 눈에서 눈물이 그렁그렁 흘러내렸다.

'거짓말, 이건 다 거짓말이야! 이건 있을 수 없는 일이야! 이런 잔인한 일은!'

노부코는 있는 힘을 다해 기도했다.

'부탁이야! 이제 이런 세계는 싫어! 이런 세계는, 나는 인정할 수 없어! 원래 세계로 돌려보내줘! 원래의 시로로 돌아와줘! 이런 짐승 같은, 폭력을 좋아하는 시로는 이제 싫어!'

노부코가 마음속으로 그렇게 울부짖었을 때—.

갑자기 그녀의 눈앞이 흐릿해지더니 흔들거렸다.

*

"아, 드디어 완성이다. 자, 이번에야말로 반드시 성공해야 해!"

과학자 노부는 공장 안에 조립이 끝난 베라트론을 바라보며 휴우— 하고 한숨을 쉬었다.

노부코와 마찬가지로 낯선 세계로 날아들어온 노부. 그렇지만 다행히 그 세계에서도 노부는 여전히 과학자였다.

'예전의 실패를 만회하자.'

자기가 저지른 실패와, 그 실패 때문에 일어난 이 심상치 않은 사태를 곧바로 눈치챈 노부는 즉시 이쪽 세계의 공장에서 수백 명이나 되는 엔지니어를 지도하여 다른 베라트론을 완성시킨 것이다.

"광자기에 이상은 없습니까?"

노부는 옆에 있는 엔지니어에게 물었다.

"없습니다."

"그럼, 작동 개시!"

노부는 힘차게 지시했다.

베라트론이 정상적으로 작동만 한다면, 노부는 자기가 반드시 원래 세계로 돌아갈 수 있을 것이라고 확신했다.

엔지니어는 스위치를 눌렀다. 광자기가 웅웅거리며 움직이기 시작했다.

그때.

노부에게 보이는 모든 것들이 흔들리면서 흐릿해졌다.

'됐다!'

노부는 마음속으로 외쳤다.

'성공이다! 나는 원래 세계로 돌아갈 수 있어!'

하지만 노부는 이 사태를 너무 쉽게만 생각하고 있었다.

그녀는 자신이 이 세계에 있던 자신과 바뀌었을 뿐이라고 생각했다. 그래서 자기만 원래 세계로 돌아가면 시공간연속체에 일어난 혼란이 정상으로 돌아올 것이라 생각한 것이다. 그녀는 수많은 다른 세계, 즉 다른 날실 안의 노부와 노부코가 모두 각자 다른 날실로 흘러들어 갔다는 사실은 알 수가 없었다.

확실히 노부 자신은 원래 세계로 돌아갈 수 있었다. 하지만 다른 노부와 노부코들은 어떻게 되었을까?

8

노부코가 문득 정신을 차려보니—.

그곳은 조금 전과 마찬가지로 길 위였다. 그녀는 길 한가운데 혼자서 멍하니 서 있었다.

주위에는 아무도 없었다.

불량학생을 마구 패주고 있던 시로도, 그리고 불량학생 세 명도.

'아, 이제 원래 세계로 돌아온 것 같아!'

노부코는 이내 그렇게 생각했다. 방금 주변의 풍경이 흐릿해지고 흔들린 것은 분명 그녀가 예전에 집 거실에서 이 세계로 건너오기 전에 경험한 것과 똑같았기 때문이다.

'그런데 왜 아무도 없는 걸까?'

노부코는 고개를 가볍게 갸웃했다. 그래. 이 세계에 살고 있는 나는 오늘 혼자 학교에서 돌아오던 도중이었나 보다. 그 끔찍한 세 명의 불량학생도 만나지 않았고.

노부코는 천천히 집 쪽으로 걷기 시작했다.

문득, 손에 들고 있는 가방이 평소보다 가볍다는 것이 느껴졌다. 가방을 쳐다본 노부코는 깜짝 놀랐다. 그건 평소 학교에 가지고 다니던 커다란 가방이 아니라 세련된 검은 가죽 핸드백이었던 것이다.

"앗!"

노부코는 허둥대며 자신의 온몸을 훑어보았다. 어쩐지 걷기가 힘들다 생각했는데 멋진 검정색 하이힐을 신고 있었다. 그뿐이 아니다. 옷은 푸른빛의 품위 있는 투피스, 덤으로 진주 목걸이까지!

'이, 이게 어떻게 된 거지?'

그 어느 하나 노부코의 물건이 아니었다. 이런 것을 산 기억이 없었다. 하지만 예전부터 노부코의 물건이었던 것처럼 노부코의 몸에 딱 맞고 편안한 것들뿐이다.

'또 다른 세계로 와버렸나 봐!'

노부코는 당황해서 가슴이 두근두근 뛰었다. 이 세계에서, 노부코는 아무래도 고등학생이 아닌 모양이다.

'그럼 나는 도대체 누구일까?'

노부코는 무언가 실마리를 찾으려고 핸드백을 열어 그 안을 들여다보았다.

핸드백 안에는 커다란 백금 케이스의 콤팩트가 있었다. 이런, 최고급품이잖아. 노부코는 깜짝 놀라며 그것을 열어, 거울에 자기 얼굴을 비추어보았다.

그녀는 화장을 하고 있었다. 반짝이는 크고 쌍꺼풀진 눈, 립스틱을 바른 붉은 입술. 그리고 귀에 걸린 진주 귀걸이.

'이게 정말 나일까?'

확실히 아름답기는 했지만 그것이 자기 얼굴이라는 생각이 들지 않았다.

그때, 길 건너편에서 누군가가 이쪽으로 다가오는 기척에 노부코는 고개를 들었다. 가슴이 철렁했다. 그 불량학생들이었다!

그들은 멀리서 노부코를 보더니 그 자리에 서서, 얼굴을 마주 보고 쑥덕쑥덕 무슨 말을 하기 시작했다.

이윽고 그들은 천천히 노부코 쪽으로 다가왔다. 평소 악당 흉내를 내던 건방진 태도가 아니라, 오히려 노부코의 아름다움에 압도되어서인지 머뭇거리고 있는 것처럼 보였다.

"저기……."

한 사람이 주뼛거리며 노부코에게 말을 걸었다.

"탤런트 사와다 노부코 맞죠?"

노부코는 깜짝 놀랐다.

“저는 탤런트가 아닌데요.”

그렇게 대답하긴 했지만 불현듯 이 세계에서 자기가 정말 탤런트일지도 모른다는 생각이 들었다. 그녀는 초등학생 시절부터 꾸었던 꿈을 생각해냈다.

노부코에게 말을 건 학생은 그녀의 말이 농담이라 생각했는지 계속 싱글거리면서 말했다.

“저, 실례지만, 사인 좀 해주세요.”

그는 펜과 노트를 꺼내 노부코에게 내밀었다. 노부코는 뒷걸음질 쳤다.

“싫어요. 저는 사인 같은 거 할 줄 몰라요!”

“그런 말씀 마시고 부탁드립니다. 네?”

뒤에 있던 두 명도 다가와 펜과 노트를 꺼내들고 노부코에게 사인을 해달라고 조르기 시작했다.

노부코는 등을 홱 돌리고, 잔달음질로 도망치기 시작했다. 세 명은 어리둥절해 하면서도 노부코를 뒤쫓기 시작했다.

노부코는 계속해서 도망쳐 전철이 다니는 큰길로 나왔다. 상점이 줄지어 있는 큰 거리였다.

인도를 계속 달리고 있는데 상점 안에서도 몇 명이 달려나와 노부코를 발견하고는 소리쳤다.

“저기 사와다 노부코다!”

“어디? 사인받자!”

그리고 모두 그녀를 쫓아왔다. 어찌 됐든 이 세계에서 그녀는 인기가 많은 사람인 것 같다.

뒤를 돌아본 노부코는 깜짝 놀랐다. 쫓아오는 사람들 중에는 이토카와 시로와 그녀와 같은 반 친구들의 모습도 있었다.

"아!"

노부코는 도망치면서 눈을 질끈 감고 소리 질렀다.

"싫어! 이젠 싫어! 싫으니까 나를 원래 세계로 돌려보내 줘!"

시간을 달리는 소녀 (원제 : 時をかける少女)

1판 1쇄 2014년 10월 15일
5쇄 2017년 3월 27일

지 은 이 츠츠이 야스타카
옮 긴 이 김영주

발 행 인 주정관
발 행 처 북스토리(주)
주 소 경기도 부천시 길주로 1 한국만화영상진흥원 311호
대표전화 032-325-5281
팩시밀리 032-323-5283
출판등록 1999년 8월 18일 (제22-1610호)
홈페이지 www.ebookstory.co.kr
이 메 일 bookstory@naver.com

ISBN 979-11-5564-028-9 04830
979-11-5564-020-3 (세트)

이 도서의 국립중앙도서관 출판시도서목록(CIP)은 서지정보유통지원시스템 홈페이지(http://seoji.nl.go.kr)와 국가자료공동목록시스템(http://www.nl.go.kr/kolisnet)에서 이용하실 수 있습니다. (CIP제어번호 : CIP2014027798)